Die drei

Henriette Wich

Die drei !!!

Achtung, Spionage!

KOSMOS bei CARLSEN

Außerdem in der Reihe Die drei !!! im Carlsen Verlag lieferbar:
Die drei !!! – Gefährlicher Chat / Betrug beim Casting
Die drei !!! – Gefahr im Fitness-Studio
Die drei !!! – Geheimnis der alten Villa
Die drei !!! – Im Bann des Flamenco

MIX
Papier aus verantwortungsvollen Quellen
FSC® C083411
FSC www.fsc.org

Veröffentlicht im Carlsen Verlag
Dezember 2015
Mit freundlicher Genehmigung des Franckh-Kosmos Verlages

Umschlagbild: Anike Hage
Umschlaggestaltung: formlabor
Corporate Design Taschenbuch: bell étage
Druck und Bindung: CPI books GmbH, Leck
ISBN 978-3-551-31445-1
Printed in Germany

Die drei !!!

Achtung, Spionage!

Ein süßes Geheimnis

»Jetzt muss ich aber wirklich los!« Kim machte einen halbherzigen Schritt auf die Eingangstür des *Café Lomo* zu, wo sie mit Franzi und Marie verabredet war. Gleichzeitig schlang sie ihre Arme noch fester um Michi. Der Spaziergang mit ihm durch den Jakobipark in der nasskalten, frischen Januarluft war wunderschön gewesen. Sie hatten sich so viel zu sagen gehabt, hatten gemeinsam gelacht und Händchen gehalten. Kim wollte ihren Freund gar nicht mehr loslassen. Michi ging es ganz genauso. »Nur noch einen Kuss!«, flüsterte er in ihr Haar hinein.

Den Wunsch erfüllte Kim ihm nur zu gerne. Danach löste sie sich schweren Herzens aus seiner Umarmung. »Ich ruf dich an, sobald das Clubtreffen vorbei ist«, versprach sie.

»Ich zähle die Sekunden!« Michi warf ihr eine Kusshand zu. Eine weiße, perfekt kreisrunde Atemwolke strömte aus seinem Mund.

Kim nahm Michis wunderbares Lächeln und den Glanz seiner blaugrünen Augen mit ins *Café Lomo*. Wie auf Wolken schwebte sie zum Stammplatz der drei !!!, zu einer gemütlichen Sitzecke im hinteren Teil des Lokals. »Hallo, Franzi, hi, Marie! Ihr seid ja schon da.«

»Allerdings«, bemerkte Marie und tippte verärgert auf ihre weiße Armbanduhr. »Du bist genau zehn Minuten und zweiunddreißig Sekunden zu spät. Ich hoffe, du hast einen guten Grund dafür.«

Kim, sonst immer die Pünktlichkeit in Person, sah Marie

mit einem entwaffnenden Lächeln an. »Tut mir leid, hab ich nicht. Ich konnte mich einfach nicht von Michi trennen.« Sie schälte sich aus ihrer Winterjacke und ließ sich neben Marie in die weichen Polster der Eckbank fallen.
Franzi grinste von einem Ohr zum andern. »Kann ich gut verstehen. Jetzt, wo ihr euch endlich wiedergefunden habt …«
Kim griff verträumt nach der Tasse *Kakao Spezial*, die verführerisch nach Vanille duftend auf dem Tisch stand, und nahm einen Schluck vom Lieblingsgetränk der Detektivinnen. Manchmal konnte sie es immer noch nicht glauben. Die Liebesgeschichte zwischen Michi und ihr war wie ein Märchen. Schon beim ersten Fall des Detektivclubs hatte sie sich in ihn verliebt, dann waren sie lange Zeit ein Paar gewesen, hatten sich auseinandergelebt, getrennt, neu verliebt und waren an Weihnachten ein zweites Mal zusammengekommen.
»Hey, das ist mein Kakao!« Marie nahm Kim vorwurfsvoll die Tasse aus der Hand. »Du musst dir schon einen eigenen bestellen.«
»Komm wieder runter!«, sagte Franzi ruhig. »Als ob du noch nie zu spät gekommen wärst.«
Eine feine Röte breitete sich auf Maries sorgfältig geschminkten Wangen aus. »Hmmm … stimmt auch wieder«, grummelte sie und zupfte an den Fransen ihres weißen XXL-Schals. Wenn es bei den drei !!! einen Wettbewerb im Zuspätkommen gegeben hätte, hätte Marie garantiert den ersten Platz belegt. Kim wurde allein schon bei der Aufzählung von Maries diversen Hobbys schwindelig: Aerobic und Yoga, Schwimmen, Schauspiel- und Gesangsunterricht und nicht

zu vergessen der Detektivclub. Doch sobald es darauf ankam, ließ Marie sofort ihre anderen Freizeitaktivitäten sausen und stürzte sich voll in die Ermittlungen.
»Was haltet ihr davon, wenn wir zuerst unsere neuesten privaten Geheimnisse austauschen und dann erst zum offiziellen Teil übergehen?«, schlug Franzi vor.
Kim strahlte. »Eine sehr gute Idee.« Sie bestellte einen *Kakao Spezial* und zur Feier des Tages gleich zwei Blaubeermuffins. Seit sie verliebt war, hatte sie noch mehr Appetit auf Süßigkeiten.
Marie nickte großzügig. »Okay, einverstanden.«
Die Aushilfsbedienung, ein junges Mädchen, war mit den vielen Tellern auf dem Tablett überfordert. Franzi nahm ihr einen Teller ab, stellte ihn vor Kim hin und sah ihrer Freundin beim Essen zu. »Freut mich total, dass du glücklich bist. Mir geht es übrigens auch sehr gut. Felipe und ich haben uns schon ewig nicht mehr gestritten. Er ist längst nicht mehr so eifersüchtig wie früher. Es klingt vielleicht verrückt, aber ich glaube, dass unsere Liebe alles überwinden kann.«
»Dasch klingt überhaupt nicht verrückt«, nuschelte Kim, nachdem sie in Rekordzeit ihren ersten Muffin verdrückt hatte. »Ich weiß genau, was du meinst.« Insgeheim bewunderte sie Franzi. Mit einem temperamentvollen Halbmexikaner zusammen zu sein war bestimmt nicht leicht, zumal Franzi selbst auch manchmal ziemlich aufbrausend sein konnte.
Franzi spielte mit dem geflochtenen Lederband an ihrem linken Handgelenk. Der Anhänger aus Rosenquarz schimmerte im Licht der Bienenwachskerze auf dem Tisch. »Dan-

ke. Aber keine Angst, ich fange jetzt nicht an, euch stundenlang von Felipe vorzuschwärmen. Ich wollte euch nämlich noch was anderes erzählen: Stellt euch vor, ich bekomme daheim wahrscheinlich bald ein zweites Zimmer!«
Marie reagierte nicht. Sie rührte schon seit einer Weile stumm in ihrer Tasse und vernichtete dabei systematisch den ansehnlichen Berg aus lockerem Milchschaum auf ihrem Kakao.
»Wie hast du das denn geschafft?«, fragte Kim. »Hast du Chrissie rausgeworfen?« Franzis ältere Schwester konnte unglaublich zickig sein. Auf ihre Art war sie genauso nervtötend wie Kims zehnjährige Zwillingsbrüder Ben und Lukas.
Franzi kicherte. »Leider nicht. Stefan wird ausziehen. Er sucht sich gerade eine Studentenwohnung in der Innenstadt. Er sagt, er will endlich näher bei der Uni sein und mehr Freiheit haben.«
Marie legte abrupt den Kaffeelöffel weg. »Also … falls dein cooler großer Bruder nichts finden sollte, kann er gerne bei uns einziehen.«
Marie wohnte gemeinsam mit ihrem Vater, dem berühmten Schauspieler Helmut Grevenbroich, seiner Lebensgefährtin Tessa und deren Tochter Lina in einer wunderschönen alten Villa im Ostviertel. Dort gab es zwei große Gästezimmer.
Kim und Franzi tauschten einen kurzen Blick und prusteten gleichzeitig los.
»Da käme Stefan ja vom Regen in die Traufe«, sagte Kim. »In eurer Patchworkfamilie ist doch noch mehr Trubel als bei den Winklers. Hast du nicht richtig zugehört? Er will mehr *Freiheit*!«
Marie breitete die Arme auf der Sofakante aus. Dabei klirr-

ten ihre dünnen silbernen Armreife, die sie zum roséfarbenen Seidenrolli trug. »Genau wie ich. Freiheit ist das Allerwichtigste. Deshalb werde ich wegen Holger auch nie meine Flirts aufgeben.«

»Zu schade!«, stichelte Franzi. »Dabei wärt ihr so ein schönes Paar.«

Maries kurze Beziehung zu Holger war in die Brüche gegangen, weil Holger in Billershausen wohnte und die Fernbeziehung auf Dauer zu belastend gewesen war. Doch seit einiger Zeit knisterte es wieder zwischen den beiden.

»Es ist wunderbar so, wie es ist.« Marie betonte jedes einzelne Wort, als ob sie sich selbst davon überzeugen müsste. Sie zog ihre Arme an den Körper und wirkte auf einmal verfroren, obwohl es im *Café Lomo* ausgesprochen warm war.

Kim wunderte sich. Marie war heute irgendwie anders als sonst. Ihre Stimmung wechselte fast schon im Sekundentakt.

»Was ist los? Habt ihr euch gestritten?«, forschte Kim nach.

»Nein.« Marie schüttelte den Kopf. »Es ist nur … wegen Holgers Mutter. Ihr Gemischtwarenladen in Billershausen läuft nicht gut. Die Leute fahren lieber mit dem Auto zu den Supermärkten in der Umgebung, statt bei ihr einzukaufen. Wenn es so weitergeht, muss sie den Laden dichtmachen.«

Kim und Franzi sahen sich betroffen an.

»Ich hab natürlich versucht, Holger zu trösten«, erzählte Marie. »Er macht sich große Sorgen. Trotzdem fühle ich mich so hilflos. Ich würde so gern helfen, aber ich hab keine Ahnung, wie ich das anstellen sollte. Ich kann ja die Billershausener schlecht mit der Pistole zum Einkaufen bei Frau Kurz zwingen.«

Kim legte mitfühlend eine Hand auf Maries Arm. »Du hilfst Holger allein dadurch, dass du für ihn da bist und ihm zuhörst.«
»Ich weiß …«, murmelte Marie. Sie beugte sich über ihre silberne Handtasche und suchte nach einem Taschentuch. Puderdose, Lipgloss und Lidschatten klackerten gegeneinander. Als sie die Papiertaschentücher gefunden hatte, schnäuzte sie sich und atmete tief durch. »Themawechsel bitte! Lasst uns über unseren Club reden. Heute hab ich nachgerechnet, dass unser letzter Fall schon über einen Monat her ist.«
Franzi grinste. »Das stimmt. Eine halbe Ewigkeit. Wenn wir nicht einrosten wollen, sollten wir so schnell wie möglich einen neuen Fall an Land ziehen.«
»Da stimme ich dir voll und ganz zu.« Kim verputzte die letzten Krümel ihres zweiten Muffins, der ein bisschen trocken gewesen war. Rasch bestellte sie sich noch eine Cola, während ihre Gedanken in die Vergangenheit wanderten.
Seit der Clubgründung hatten die drei !!! über 30 Fälle gelöst und dabei hartgesottene Verbrecher im In- und Ausland das Fürchten gelehrt. Ihre Erfolgsquote lag bisher bei 100 Prozent, worauf sie zu Recht stolz sein konnten.
»Jede von uns könnte sich in ihrer Umgebung mal umhören«, überlegte Kim. »Franzi, in der Tierarztpraxis deines Vaters ist doch immer was los, oder im Freizeitpark *Sugarland* im Restaurant von Felipes Mutter. Hast du noch eine Idee, Marie?«
Marie Grevenbroich hüllte sich in düsteres Schweigen.
Kim hakte vorsichtig nach: »Geht's wieder? Sollen wir das Treffen vielleicht doch lieber verschieben?«

»Was? Natürlich nicht!«, protestierte Marie. »Ich bin voll da.«
Franzi räusperte sich. »Den Eindruck machst du, ehrlich gesagt, nicht. Du bist die ganze Zeit schon so nervös und unausgeglichen. Ist noch was außer der Sache mit Holger?«
Marie wich Franzis Blick aus und kramte schon wieder in ihrer Handtasche. Diesmal musste sie unbedingt ihr Lipgloss auffrischen. »Nein, wieso?« Sie pfefferte die kleine Dose zurück in die Tiefen ihrer Handtasche. Als Kim und Franzi sie weiter forschend ansahen, gab sie es schließlich auf. »Na schön. Ihr kennt mich einfach zu gut. Ja, da ist noch etwas. Ich hab es erst heute Morgen erfahren … Vorsicht, da ist eine Stufe!«
Die Warnung an die Aushilfsbedienung kam zu spät. Das Mädchen stolperte über die kleine Stufe vor der Sitzgruppe. Das Tablett geriet in Schieflage, das Glas rutschte und kippte um. Ein Schwall Cola ergoss sich über Kims Hose. »Oh … Entschuldigung! Das … das tut mir so leid!«, stammelte die Bedienung.
Kim sprang auf. »Mist!« Colabäche rannen über ihre Hosenbeine. Natürlich war es Kims Lieblingsjeans, die sie heute frisch angezogen hatte. »Ist nicht so schlimm«, sagte sie und meinte es auch so. Heute konnte ihr nichts und niemand die gute Laune verderben.
»Ich bezahle natürlich die Reinigung«, versicherte die Bedienung.
Kim winkte ab. »Nicht nötig. Das schafft unsere Waschmaschine zu Hause schon.«
Die Bedienung entschuldigte sich nochmals und lief eilig zur

Bar zurück, um einen Wischlappen und eine neue Cola zu holen. Kim verzog sich inzwischen auf die Mädchen-Toilette. Mit Seife und Wasser konnte sie nur die gröbsten Spuren entfernen. Die Jeans klebte an ihren Beinen, aber Kim konnte schon wieder drüber lachen. Bis zum Ende des Clubtreffens würde die Hose schon trocken werden.

Gespannt kehrte Kim ins Café zurück. Womöglich hatte Maries Neuigkeit ja mit einem neuen Fall zu tun.

»Was ich euch vorhin sagen wollte ...«, setzte Marie zum zweiten Mal an.

»Die Straßenzeitung, die neue Ausgabe der Straßenzeitung!« Ein bärtiger Obdachloser betrat das *Café Lomo.*

Marie machte den Mund wieder zu. Auch die Gespräche an den anderen Tischen verstummten, alle Köpfe fuhren herum.

Franzi kannte den Mann. Er wärmte sich im Winter öfter in der Bahnhofshalle auf und lächelte den vorbeilaufenden Leuten immer freundlich zu. »Ich hätte gerne eine Zeitung«, sagte Franzi laut.

Hocherfreut kam der Obdachlose an den Tisch der Detektivinnen. »Vielen Dank! Einen schönen Tag noch euch drei. Alles Gute!«

»Ihnen auch«, wünschte Franzi.

Damit war der Bann gebrochen. Mehrere Leute im Café zückten ebenfalls ihre Geldbeutel. Am Schluss hatte der Mann alle seine Zeitungen verkauft und verließ glücklich das Café.

»So, jetzt kann uns nichts mehr stören!«, sagte Franzi und beugte sich erwartungsvoll über die Tischkante.

Marie holte tief Luft. »Also es geht darum …«
Krääähhh! Das Baby am Nachbartisch war aufgewacht und fing sofort an zu brüllen. Maries restliche Worte wurden komplett verschluckt. Genervt trommelte sie mit ihren rosa lackierten Fingernägeln auf die Tischplatte.
Kim und Franzi versuchten locker zu bleiben. Die Mutter nahm den Säugling auf den Arm und wiegte ihn sanft. Das Schreien wurde leiser, langsam beruhigte sich das Baby wieder. Verärgert betrachtete Marie das rot verzerrte Gesicht des Säuglings. Sie traute dem Frieden noch nicht.
Franzi überbrückte die Pause. »Chrissie jobbt übrigens seit Neuestem als Babysitterin bei den Nowaks im Ostviertel. Frau Nowak hat mal einen Kunstworkshop in unserer Klasse gegeben. Mein Vater kennt sie auch, sie ist öfter bei ihm in der Tierarztpraxis mit ihrem Afghanischen Windhund Prinz. Chrissie quatscht mir dauernd die Ohren voll, wie süüüß die zehn Monate alte Magdalena ist. Also ich würde lieber auf den Hund aufpassen. Babys und Kleinkinder machen mich irgendwie nervös. Ich hab Angst, sie könnten kaputtgehen, wenn ich sie auf den Arm nehme.«
»Echt?«, sagte Kim erstaunt. »Also ich *liebe* Babys.« Gerührt betrachtete sie den Säugling am Nebentisch, der jetzt zufrieden vor sich hin gluckste. »Ben und Lukas sehen auf ihren Babyfotos übrigens total goldig aus. Heute sind sie leider richtig fiese kleine Monster.« Kim drehte ihren Kopf zu Marie. »Du findest Babys doch auch süß, oder?«
Marie starrte Kim an, Franzi und schließlich das Baby am Nachbartisch. Dann platzte sie mit ihrer Neuigkeit heraus: »Tessa ist schwanger!«

Zur Abwechslung waren Kim und Franzi sprachlos.
»Habt ihr nicht gehört? Tessa ist schwanger«, wiederholte Marie leicht genervt. »Der Schwangerschaftstest, den sie vor einer Woche gemacht hat, war positiv. Im Herbst wird sie ein Baby bekommen.«
Jetzt war die Nachricht angekommen. Kim und Franzi sprangen vom Sofa auf, fielen Marie um den Hals und redeten gleichzeitig drauflos: »Was?« – »Warum hast du uns das nicht gleich erzählt?« – »Du bekommst ein Geschwisterchen!« – »Ich freu mich so für dich!« – »Ist das toll!«
Marie wehrte ab. »Tut mir bitte den Gefallen und schreit nicht so. Wir sind nicht allein.«
Tatsächlich hatten sich schon mehrere Leute interessiert umgedreht. Kim und Franzi setzten sich wieder. Erst jetzt fiel ihnen auf, dass Marie längst nicht so begeistert zu sein schien wie sie. Ihr Lächeln war auch schon mal überzeugender gewesen.
»Und, wie geht's dir damit?«, erkundigte sich Kim vorsichtig. »Freust du dich?«
Marie war den größten Teil ihres bisherigen Lebens Einzelkind gewesen. Helmut Grevenbroich hatte ihr jeden Wunsch von den Augen abgelesen, seit seine Frau zwei Jahre nach Maries Geburt bei einem tragischen Autounfall gestorben war. Es war noch nicht lange her, dass Marie sich an die neue Situation gewöhnen musste, in einer Patchworkfamilie zu leben und nicht mehr automatisch die Nummer eins zu sein.
»Klar freue ich mich.« Marie wickelte eine Haarsträhne um ihren Finger. »Aber ich muss auch dauernd daran denken, wie es sein wird, wenn das Baby da ist. Dann wird sich alles

nur noch um den kleinen Zwerg drehen. Mein Vater wird keine Zeit mehr für mich haben und ...« Maries Stimme versagte.

»Es wird alles gut«, versicherte Franzi. »Dein Vater wird dich genauso lieben wie vorher.«

»Meinst du wirklich?« Marie sah ihre Freundin zweifelnd an.

Kim knuffte ihr mit dem Ellbogen in die Seite. »Natürlich! Du bist und bleibst seine Prinzessin.«

Maries Gesicht hellte sich auf. »Ihr habt recht. Ich lasse erst mal alles in Ruhe auf mich zukommen. Schließlich hab ich noch genügend Zeit, um mich an den Gedanken zu gewöhnen. Und wisst ihr was? Jetzt stoßen wir auf Tessas Baby an. Ich geb eine Runde Cola aus.«

Sie wollte der Aushilfsbedienung Bescheid geben, aber Kim rief schnell: »Die Gläser hol ich lieber selber an der Bar ab.«

Einsatz in vier Wänden

Detektivtagebuch von Kim Jülich
Samstag, 0:10 Uhr
Es ist schon nach Mitternacht, aber ich bin hellwach wie ein Flummi. Franzi hat mich gerade mit ihrem Anruf aus dem Tiefschlaf gerissen. Ich konnte es kaum glauben, als ich die Zeit auf meinem Handy sah: Es war 23:40 Uhr! Das Wichtigste zuerst: Die drei !!! haben einen neuen Fall!
Ich fasse die Neuigkeiten kurz zusammen:
Gestern, also am Freitagabend, war Chrissie wieder bei den Nowaks babysitten. Ein Bote hat Pralinen vom Feinkostgeschäft Kranichstein abgeliefert. Chrissie hat die Sendung für Frau Nowak angenommen, eine edle Holzkiste, randvoll gefüllt mit der handgefertigten »Kranichsteiner Mischung«, merkwürdigerweise ohne Karte und Absender. In einem Anfall von Unterzucker – und weil sie wusste, dass die schlanke Frau Nowak prinzipiell keine Süßigkeiten isst – hat Chrissie die Holzkiste aufgemacht und wollte sich eine Praline nehmen. Dann hatte sie doch Skrupel, wollte sich aber wenigstens alle Pralinen ansehen und daran schnuppern. Als sie vorsichtig die beiden Paletten herausgenommen hat, um auf der Unterseite der Kiste den Zettel mit der Beschreibung der einzelnen Pralinen zu lesen, hat sie innen am Boden ein merkwürdig flaches, technisches Gerät entdeckt. Sie ist erschrocken, hat schnell ein Foto mit ihrem Handy gemacht und die Kiste wieder vorsichtig geschlossen. Die Sache ist ihr den ganzen Abend nachgegangen. Als sie nach Hause kam, war Franzi noch wach (sie hat über einem Pferde-

Puzzle völlig die Zeit vergessen) und hat sich gewundert, warum Chrissie so durch den Wind war. Franzi musste ein bisschen nachbohren, aber dann hat Chrissie ihr die Geschichte erzählt und schließlich auch das Handyfoto gezeigt.
Franzi hat auf den ersten Blick erkannt, dass es eine Abhörwanze ist (ein schwarzer Sender mit einer winzigen Antenne). Sie war sich deshalb so sicher, weil sie sich neulich aus Neugier in einem Online-Shop über Abhöranlagen informiert hat. Franzi hat Chrissie dafür gelobt, dass sie die Holzkiste wieder verschlossen hat. So wird der Täter keinen Verdacht schöpfen.
Das waren die wichtigsten Fakten in Kürze. Ich freu mich total. Der Fall ist ganz nach meinem Geschmack: Pralinen und Spionage – gibt es eine explosivere, bessere Mischung? Wohl kaum!
Aber jetzt wieder ganz nüchtern zu den nächsten Ermittlungsschritten: Wir müssen als Erstes Chrissie befragen. Wie sah der Bote aus? Ist ihr etwas an ihm aufgefallen?
Weitere ganz wichtige Überlegungen sind: Wer hat die Wanze eingeschmuggelt? Wer ist der Spion? Der Bote? Oder jemand vom Feinkostgeschäft Kranichstein? Dort haben wir ja schon einmal ermittelt. Oder war es vielleicht sogar die Polizei, die die Nowaks abhört, weil sie unter Verdacht stehen, Straftäter zu sein? Eher unwahrscheinlich, aber wir müssen Kommissar Peters trotzdem sicherheitshalber danach fragen. Natürlich wird er uns keine Auskunft geben, aber aus seinem Gesichtsausdruck können wir vielleicht was lesen.
Und was mich natürlich auch brennend interessiert: Warum will jemand die Familie abhören? Geht es um eine Erpressung? Die drei !!! werden es herausfinden. Unserem detektivischen Scharfsinn bleibt nichts verborgen!

Geheimes Tagebuch von Kim Jülich
Samstag, 0:37 Uhr

Wer dieses Tagebuch liest, hat einen großen Fehler gemacht. Um Mitternacht habe ich zwei sehr unfreundlichen Zombies den Auftrag gegeben, unbefugte Leser gnadenlos zu verfolgen – jede Nacht bis ans Ende ihrer Tage.

Und nun zu den wirklich wichtigen Dingen des Lebens (tut mir leid, aber dazu zählt selbst mein genialer Detektivclub nicht!).

Die drei wichtigsten Dinge sind:

Die Liebe. Die Liebe. Und noch mal die Liebe.

Ich bin so wahnsinnig glücklich, dass ich manchmal Angst habe, ich wache auf und alles war nur ein schöner Traum. Aber da dieses Gefühl nun schon über einen Monat anhält, gehe ich schwer davon aus, dass alles real ist und tatsächlich mir passiert, dem größten Glückspilz auf Erden.

Seit Weihnachten sind Michi und ich wieder zusammen, aber es fühlt sich immer noch so neu und wunderbar an wie am ersten Weihnachtstag. Unsere Beziehung steht heute auf einem viel festeren Fundament als früher. Ich spüre eine unglaublich tiefe Verbundenheit zu Michi. All die Missverständnisse, die wir früher hatten, dass wir uns nicht voll und ganz vertraut haben, wird es in Zukunft nicht mehr geben, da bin ich mir ganz sicher.

Vor mir auf dem Schreibtisch liegt Michis selbst gebackenes Lebkuchenherz, das er mir zu Weihnachten geschenkt hat. Jedes Mal, wenn ich die Zuckergussschrift »I love Kim« lese, geht für mich noch einmal der Weihnachtsstern auf. Das Herz duftet immer noch verführerisch, aber ich werde es nicht aufessen, dazu ist es viel zu schön. Michis Geschenke haben einen Ehren-

platz bei mir. Die Lichterkette, mit der er den Tannenbaum geschmückt hat, schlängelt sich um meinen Fensterrahmen. Es ist der Rahmen für unser Glück.
Kann es sein, dass Glück noch mehr Glück anzieht? Bei mir ist es jedenfalls so. In der Schule läuft es auch super. Gestern haben wir einen Deutschaufsatz geschrieben. Das Thema war ein Krimi mit vorgegebenen Reizwörtern – da konnte ich aus dem Vollen schöpfen. Das Schreiben ging wie von selbst und hat mir unglaublich viel Spaß gemacht. Fast so viel Spaß wie meine Arbeit als Detektivin. Ich frage mich, warum ich mein zweites Lieblingshobby so sträflich vernachlässigt habe. Ich sollte wieder damit anfangen. Hiermit gebe ich mir selbst ein feierliches Versprechen: Ich werde schreiben!

Sieben Stunden nach Kims Tagebucheintrag war es still im Haus der Familie Winkler. Alle Bewohner schliefen noch. Nein, nicht alle. Franzi war bereits vor einer halben Stunde aufgestanden, hatte sich geduscht, angezogen und lautlos zwei Besucherinnen hereingelassen. Gemeinsam mit Kim und Marie schlich sie auf Zehenspitzen den Flur im ersten Stock entlang. Vor Chrissies Zimmer blieben die Detektivinnen stehen und lauschten. Leises Schnarchen drang durch die Tür.
»Seid ihr so weit?«, flüsterte Franzi.
Kim und Marie nickten. Franzi drückte in Zeitlupe die Türklinke hinunter. Die drei !!! schlüpften in den dunklen Raum. Sie bahnten sich einen Weg durch die großzügig verstreuten Kleider auf dem Boden und näherten sich dem Bett. Am Kopfende stellten sie sich nebeneinander auf und fass-

ten sich an den Händen. Dann riefen sie laut im Chor: »Die drei !!!.«
Kim rief gut gelaunt: »Eins!«, Franzi »Zwei!« und Marie »Drei!«. Am Schluss warfen sie gleichzeitig die Hände in die Luft und riefen laut: »Power!!!«
Chrissie fuhr so schnell hoch, dass sie beinahe aus dem Bett gefallen wäre. Panisch warf sie den Kopf herum. Ihre wirren roten Locken flogen nach allen Seiten. »Was … was macht ihr denn hier? Seid ihr jetzt völlig verrückt geworden?«
Franzi lächelte ihre Schwester freundlich an. »Nein, wir wollten dir nur mit unserem Power-Spruch einen guten Morgen wünschen. Es ist gleich acht Uhr.« Mit energischen Schritten ging sie zum Fenster und riss den Vorhang auf. Draußen war es noch stockdunkel.
Chrissie griff nach dem Wecker auf ihrem Nachttisch. »Was soll das? Ich war gestern Abend ewig lang beim Babysitten. Ich muss ausschlafen!« Stöhnend ließ sie sich wieder in die Kissen fallen und zog die Bettdecke bis zur Nasenspitze hoch.
»Du kannst später weiterschlafen«, sagte Marie. »Wir müssen dringend mit dir reden.«
Chrissie schnappte sich ein Kissen und zielte damit auf Franzi, die geschickt auswich. Das Kissen klatschte hinter ihr ins Bücherregal. »Raus hier!«, verlangte Chrissie. »Und zwar sofort!«
Kim rollte den Schreibtischstuhl zum Bett und setzte sich. »Wir brauchen nur fünf Minuten deiner kostbaren Zeit, dann sind wir gleich wieder weg, versprochen. Es ist wirklich dringend. Du bist die einzige Zeugin. Nur du kannst uns dabei helfen, ein Verbrechen aufzuklären. Bitte!«

Kims schmeichelnde Worte zeigten Wirkung. »Muss das wirklich jetzt sein?«, grummelte Chrissie, während sie sich aufrichtete.
»Ja«, sagte Kim mit einem besonders gewinnenden Lächeln. »Die Zeit läuft uns davon.«
»Okay, ihr Nervensägen.« Chrissie seufzte theatralisch. »Ihr gebt ja doch keine Ruhe. Was wollt ihr denn von mir wissen?«
»Wie der Bote aussah, der gestern die Pralinen gebracht hat«, sagte Marie. »Versuch dich ganz genau zu erinnern.«
Chrissie strich sich die widerspenstigen Locken aus der Stirn. »Wie er aussah? Süß!«
Franzi verdrehte die Augen. »Geht's vielleicht etwas konkreter? Alter, Haarfarbe, Körpergröße?«
»Immer schön langsam, Frau Superdetektivin«, sagte Chrissie. »Ich hab ihn doch nur kurz gesehen. Wartet mal: Also, der Junge war vielleicht 16 oder 17 und hmm … mittelgroß. Er hatte eine coole Wollmütze auf und verwuschelte, braune Ponyfransen bis über die Augen.«
Kim zückte ihr Detektivtagebuch, ein abgegriffenes Heft für mobile Einsätze, und machte sich Notizen. »Welche Kleidung trug er?«
Chrissie gähnte ausgiebig, ohne sich die Hand vor den Mund zu halten. »Weiß nicht, irgendeine Jacke und Jeans. Ach ja, die Jeans hatte ein Muster auf dem Po«, Chrissie kicherte, »ich glaub, das waren Schlangen oder so.«
»Alles klar«, sagte Marie. »Sonst noch irgendwas? Ist was Ungewöhnliches passiert, während der Bote da war?«
Chrissie schüttelte den Kopf. »Nein … äh … wieso? Was soll schon groß passiert sein? Er hat die Pralinen abgegeben, wir

haben über das Schmuddelwetter draußen geredet und dann ist er wieder gegangen.«

Kim war das kurze Zögern bei Chrissies Antwort nicht entgangen. Verschwieg sie ihnen etwas oder war sie einfach nur müde? Ein prüfender Blick in Chrissies Augen überzeugte Kim davon, dass Letzteres zutraf. Sie ließ sich noch von Chrissie die Pralinenkiste beschreiben, dann stopfte Kim ihr Heft in den Detektivrucksack und lächelte. »Tausend Dank! Du hast uns sehr geholfen.«

Chrissie gähnte ein zweites Mal herzhaft. »Keine Ursache. Und jetzt raus mit euch!«

Marie grinste. »Sehr gerne.«

Die drei !!! hatten ihren ersten Auftrag erfüllt. Der zweite Auftrag wartete in der Innenstadt auf sie, und zwar im Feinkostgeschäft Kranichstein.

Todsichere Tricks

»Mist!«, sagte Franzi. »Wir sind zu früh, es ist erst kurz nach neun.«
Sie stand im Nieselregen mit Kim und Marie vor dem Eisengitter, mit dem der Ladeneingang des Feinkostgeschäfts Kranichstein gesichert war. Auch die übrige Fußgängerzone war um diese Zeit wie ausgestorben. Die Geschäfte öffneten erst um zehn Uhr.
Marie zog frierend die Schultern hoch. Sie trug eine dünne, petrolfarbene Jacke, die eigentlich fürs Frühjahr vorgesehen war, aber perfekt zu ihren Stiefeln passte. »Nur damit ihr Bescheid wisst, ich warte nicht hier in der Kälte! Wir müssen uns irgendwo aufwärmen. Wir könnten zum Bahnhof gehen. Ich spendiere euch ein zweites Frühstück.«
Kim schüttelte den Kopf. Ausnahmsweise fiel es ihr überhaupt nicht schwer, eine Esseneinladung abzulehnen. »Kein Mensch hat behauptet, dass wir warten müssen. Ich kenne den Hintereingang!«
Franzi grinste. »Dann folgen wir dir mal unauffällig.«
In der Vorweihnachtszeit im vergangenen Jahr hatte Kim ihr Taschengeld durch einen kleinen Nebenjob aufgebessert. Sie hatte für die Kunden des Feinkostgeschäfts Geschenke verpackt, was anstrengender gewesen war, als sie anfangs gedacht hatte. Viele Kunden waren im Vorweihnachtsstress ziemlich ungeduldig und unfreundlich gewesen.
Kim ging in die schmale Passage hinein, an die das Geschäft grenzte, bog links um die Ecke und führte ihre Freundinnen

zu einer grauen Stahltür an der Rückwand des Gebäudes. Sie wusste, dass die Tür verschlossen war, aber sie kannte den Klingelcode fürs Personal.
Kaum hatte Kim zweimal kurz, einmal lang geläutet, wurde von innen die Tür aufgemacht.
Herr Kranichstein zog überrascht die buschigen, weißen Augenbrauen hoch. »Die drei !!!. Mit euch hatte ich jetzt wirklich nicht gerechnet. Schön, euch zu sehen! Was verschafft mir denn die Ehre?«
»Wir haben ein paar Fragen an Sie«, sagte Kim. »Können wir reinkommen?«
»Ich hab leider nicht viel Zeit, aber für euch mache ich eine Ausnahme.« Der Ladenbesitzer trat zur Seite. »Ihr habt mir so toll geholfen.«
Kims Nebenjob hatte sich überraschend zu einem Hauptjob für die Detektivinnen ausgeweitet. Sie hatten mit einem anonymen Erpresser zu tun gehabt, den sie erfolgreich enttarnt hatten.
Die drei !!! folgten Herrn Kranichstein in sein Büro. Auf dem Schreibtisch stapelten sich Rechnungen, Briefe und Akten. Die Wände waren mit überquellenden Regalen und Aktenschränken zugestellt. Es gab nur einen Stuhl für Besucher, aber die Detektivinnen wollten sowieso lieber stehen.
»Worum geht es denn?«, erkundigte sich Herr Kranichstein interessiert. »Seid ihr wieder an einem neuen Fall dran?«
»Das wissen wir noch nicht«, antwortete Franzi ausweichend. »Wir haben nur eine Vermutung. Und wir wollten Sie fragen, ob gestern zufällig eine 750-Gramm-Geschenkkiste mit der Kranichsteiner Mischung verkauft wurde.«

Herr Kranichstein strich seine buschigen Augenbrauen glatt. »Gute Frage. Da muss ich erst nachsehen. Ich war gestern nämlich nicht im Laden.« Er erhob sich und griff nach seinem Schlüsselbund. »Ihr könnt gerne in den Laden mitkommen.«

Ein verführerischer Duft nach Schokolade, Vanille und Waffeln schlug ihnen entgegen, als sie den dunklen Ladenraum betraten. Herr Kranichstein schaltete die Deckenbeleuchtung ein und ging zielstrebig auf ein Regal an der Wand neben der Kasse zu. Dort waren repräsentative Pralinenpackungen und Geschenkkörbe aufgereiht.

Der Ladenbesitzer ließ seinen Blick einmal von oben nach unten wandern, dann sagte er: »Ja. Vorgestern waren noch zwei 750-Gramm-Holzkisten da. Das weiß ich genau. Jetzt steht nur noch eine hier. Diese Größe wird nur selten gekauft. Sie hat … ähm … auch ihren Preis.«

Kim, Franzi und Marie sahen sich triumphierend an.

»Wissen Sie zufällig auch, wer die Pralinen gekauft hat?«, hakte Kim nach. »Vielleicht hat Ihnen die Kassiererin Frau Martin davon erzählt?«

Herr Kranichstein schüttelte den Kopf. »Nein, tut mir leid, sie hat nichts erwähnt. Ihr könnt Frau Martin aber gerne selber fragen. Sie hat allerdings heute frei und kommt erst am Montag wieder.«

»Schade!«, seufzte Marie. »Und was ist mit dem Boten? Ist der heute da?«

Herr Kranichstein sah die Detektivinnen irritiert an. »Welcher Bote?«

»Na, der Bote, der die Pralinen am Freitagabend ausgeliefert hat«, half Franzi ihm auf die Sprünge. »Ohne Karte und ohne Absender.«

Die Augen des Ladenbesitzers wurden immer größer. »Moment mal, da muss es sich um ein Missverständnis handeln. Es gibt keinen Boten.«

»Was??«, rief Kim. »Das kann nicht sein.«

Herr Kranichstein zuckte mit den Schultern. »Tut mir leid, dass ich euch enttäuschen muss. Wir hatten zwar früher mal einen kostenlosen Lieferservice für unsere Kunden, aber das war auf Dauer zu kostspielig und aufwendig. Wir schicken schon eine ganze Weile keine Boten mehr raus.«

Kim war wie vor den Kopf gestoßen. Sie musste die Nervenbahnen in ihrem Gehirn erst wieder neu sortieren.

»Habt ihr sonst noch eine Frage, die euch auf den Nägeln brennt?« Herr Kranichstein klimperte mit seinem Schlüsselbund. »Ich muss jetzt nämlich dringend die Regale auffüllen. Peggy kommt auch gleich. Wir öffnen bald.«

»Tausend Dank, das war's schon«, sagte Marie verbindlich. »Sie haben uns sehr geholfen.«

»Hab ich gern gemacht. Ihr findet den Weg raus? Ich hab die Hintertür offen gelassen.« Herr Kranichstein nickte ihnen zum Abschied zu und machte sich daran, das schwere Eisengitter vor dem Ladeneingang hochzukurbeln.

Als die drei !!! kurz darauf wieder auf der Einkaufsstraße standen, war der Nieselregen in Schneeregen übergegangen. Schnell flüchteten sie in den nächsten Hauseingang.

»Das war ja ein ziemlicher Reinfall«, seufzte Franzi. »Kein Bote, kein Täter. Wir sind genauso schlau wie vorher.«

»Nicht ganz«, wandte Marie ein, während sie im Schminkspiegel ihre zerzausten Ponyfransen in Ordnung brachte. »Wir wissen jetzt, dass der Täter gestern die Pralinen gekauft hat, eine Wanze in die Holzkiste gelegt und sich danach als Bote ausgegeben hat.«

Kim starrte auf die ersten Passanten, die im Laufschritt mit aufgespannten Schirmen an ihnen vorbeigingen. »Ich möchte zu gerne wissen, wer es war! Bis Montag zu warten kommt nicht infrage. Wir müssen gleich weiterermitteln.«

Franzi zwinkerte ihrer Freundin zu. »Da bin ich ganz deiner Meinung. Lasst uns zu Frau Nowak fahren und sie aushorchen, ob sie irgendwelche Feinde hat. Vielleicht wird sie ja von jemandem erpresst.«

»Gute Idee.« Marie klappte ihren Schminkspiegel zu. »Ich bin dafür, dass wir ihr nichts von der Wanze verraten. Wir wollen sie schließlich nicht beunruhigen. Außerdem würde sie dann wahrscheinlich sofort die Polizei einschalten und wir wären unseren Fall ganz schnell wieder los.«

Kim sah Marie entsetzt an. Ihr Vorschlag verstieß gegen eines ihrer grundlegenden Prinzipien als Detektivin. »Das sehe ich anders. Wir müssen es ihr unbedingt sagen. Ich könnte nicht ruhig schlafen, wenn ich wüsste, dass Frau Nowak die ganze Zeit weiter abgehört wird und keinen blassen Schimmer davon hat.«

Marie verdrehte die Augen. »Musst du immer so superkorrekt sein? Na schön, wir stimmen ab: Wer dafür ist, hebt die Hand.« Eine Hand ging nach oben, die Hand von Marie.

Franzi, die erst unschlüssig gewesen war, hatte sich von Kims Argumenten überzeugen lassen. »Du bist überstimmt«, sagte sie zu Marie.

»Hab schon kapiert.« Marie zog einen Schmollmund. Im nächsten Moment vergaß sie, dass sie beleidigt sein wollte. »Wartet: Es gibt noch etwas, das wir dringend tun müssen: Kommissar Peters im Präsidium besuchen!«
»Du hast recht.« Kim nickte. »Am besten teilen wir uns auf. Ich gehe zum Kommissar und ihr besucht Frau Nowak.«
»Dann nichts wie los«, sagte Franzi und stülpte sich die Kapuze ihrer Winterjacke über den Kopf.

Im Präsidium war die Hölle los. Auf den Fluren rannten Polizeibeamte hektisch auf und ab. Reporter belagerten die Pressestelle und im Büro von Kommissar Peters wurde alle naselang die Tür aufgerissen.
»Du hast dir einen schlechten Zeitpunkt für deinen Besuch ausgesucht.« Kommissar Peters wirkte gestresst. »Wir haben hier einen äußerst brisanten Fall.«
»Keine Sorge, ich bin gleich wieder weg«, sagte Kim. »Ich wollte Ihnen nur kurz ein Handyfoto zeigen und fragen, ob es sich bei der Wanze um ein Abhörgerät der Polizei handelt.«
Der Kommissar warf nur einen flüchtigen Blick auf Kims Handy. »Ist ja ziemlich verwackelt, das Foto. Nein, das ist keine Wanze von uns«, schloss er sofort aus. »Definitiv.« Plötzlich runzelte er die Stirn. »Ihr begebt euch doch nicht schon wieder in Gefahr mit eurem Detektivclub?«
Kim steckte ihr Handy in die Hosentasche. Sie hatte gewusst, dass diese Frage kommen würde. Inzwischen regte sie sich schon gar nicht mehr groß auf. »Nein, das tun wir nicht. Es gibt nämlich noch gar keinen Fall.« Das stimmte tatsächlich. Noch war nichts passiert. Kim setzte mit einer Notlüge

nach: »Die Wanze ist nur eine dumme Spielerei von meinen kleinen Zwillingsbrüdern.«

»Soso …« Kommissar Peters hatte kaum zugehört. Das hartnäckige Klingeln seines Telefons trieb ihn zurück zum Schreibtisch.

»Ich muss dann auch los«, sagte Kim und stand erleichtert auf. Der stressige Vormittag des Kommissars hatte auch Vorteile. Sonst hätte sie bestimmt wieder eine längere Standpauke über sich ergehen lassen müssen. »Vielen Dank für die Info und viel Glück bei Ihrem Einsatz!«

Kommissar Peters hing längst am Hörer. »Warum erfahre ich das erst jetzt?«, regte er sich auf. »Die Meldung muss sofort kommen! Hört mal, so geht das nicht!«

Kim schlüpfte aus dem Büro. Nach der drangvollen Enge auf der Polizeiwache konnte sie es kaum erwarten, endlich wieder hinaus ins Freie zu kommen.

Als sie das Tor des Präsidiums aufmachte, musste sie die Augen zusammenkneifen, so hell und sonnig war es plötzlich draußen. Beschwingt ging sie zum Treffpunkt, den sie vorher mit Marie und Franzi ausgemacht hatte. Zufällig war es gleichzeitig einer ihrer absoluten Lieblingsorte in der Stadt. Die Krimi-Buchhandlung lag nur einen Katzensprung vom Präsidium entfernt in einer kleinen Stichstraße abseits der Fußgängerzone. Fünf Minuten später stand Kim vor dem modernen, weiß gestrichenen Gebäudekomplex, in dem neben der Buchhandlung auch Giovannis Friseurladen, ein Wellness- und Massage-Salon und ein Musikgeschäft untergebracht waren. Franzi und Marie würden bestimmt noch eine Weile brauchen, bis sie vom Ostviertel hierherkamen.

Kim betrat die Krimi-Buchhandlung und zog ihr Handy heraus, um Michi schnell eine SMS zu schreiben. Der Arme musste das ganze Wochenende über büffeln, weil er am Montag eine Prüfung hatte.

Halte durch, du bist der Beste!
Schneeflocken-Küsse für dich.
ILD Kim

Michi simste sofort zurück.

Spür sie auf meiner Haut.
Du bist meine Winterfee.
ILD Michi

Kim wurde rot vor Freude. Schnell stopfte sie das Handy in die Hosentasche und steuerte auf einen Büchertisch mit Ratgebern zu. Ein Band hatte eine leuchtend pinke Schrift auf dem Cover: *Krimis selber schreiben. Todsichere Tricks.*
Kim schnappte sich das Buch und ging zu einem Lesesessel. Neugierig schlug sie es auf. Das Buch war so spannend, dass sie gar nicht aufhören wollte. Doch plötzlich gab es etwas, das noch spannender war und ihre Aufmerksamkeit sofort in eine andere Richtung lenkte.
»Hast du es etwa auch schon gehört?«, sagte eine ältere Kundin gerade im vertraulichen Ton zu ihrer Freundin, einer weißhaarigen Dame im Lodenmantel.
»Natürlich!« Die weißhaarige Dame nickte eifrig. »Du meinst diese raffinierten Betrüger, nicht wahr?«

Ein neuer Auftrag

»Bist du sicher, dass wir hier richtig sind?«, fragte Marie. Das Grundstück, auf das sie mit Franzi zuging, unterschied sich deutlich von den gepflegten Villen im Ostviertel, die Marie sonst kannte. Der dunkelbraune Gartenzaun sah wackelig und morsch aus, die eine oder andere Holzlatte war bereits herausgebrochen. Dahinter standen knorrige Nadelbäume viel zu dicht nebeneinander, wodurch sie den parkähnlichen Vorgarten komplett verschatteten. Und die graue Hausfassade hätte dringend einen Außenanstrich vertragen können. Trotzdem konnte man erkennen, dass es sich um ein weitläufiges Gebäude mit vielen Erkern handelte.
»Ja, das ist die richtige Adresse.« Franzi schien gar nicht überrascht zu sein. »Das Haus passt zu Frau Nowak. Sie ist ein Künstlertyp, weißt du, ziemlich schräg und chaotisch, aber gleichzeitig sehr nett.«
Marie runzelte misstrauisch die Stirn. »Aha«, sagte sie nur, drückte auf den verrosteten Klingelknopf und machte sich auf alles gefasst. Als der Summer ertönte, stemmte sie sich gegen das quietschende Gartentor, das ihnen offensichtlich nur unter Protest Zutritt zum Grundstück verschaffen wollte. Vorsichtig setzte Marie auf dem rutschigen Weg einen Fuß vor den anderen, um nicht im Schneematsch zu stolpern und ihre schönen Stiefel zu ruinieren.
Franzi dauerte das zu lange. Sie ging energisch voraus. »Hallo, Frau Nowak! Erinnern Sie sich noch an mich? Wir … Ach, Sie haben Besuch!«

Marie war inzwischen auch beim Eingang angekommen und betrachtete neugierig Frau Nowak und den Mann, mit dem sich die Kunstlehrerin zwischen Tür und Angel unterhielt. Frau Nowak war Anfang 30, trug einen Hippierock, eine bunt gemusterte Bluse und hatte sich drei verschiedene Schals um den Hals gewickelt. Ihre krausen offenen Haare waren von vielen grauen Strähnen durchzogen und die Augen dick mit schwarzem Kajal umrandet. Der sportliche Mann war sehr hager, Mitte 40, ca. 1,80 Meter groß und trug eine Jogginghose und eine schwarze Steppweste über dem dicken Wollpulli.

»Franzi, hallihallo!« Frau Nowak winkte freundlich. »Ich bin gleich bei euch.« Dann wandte sie sich wieder an den Mann. »Das letzte tolle Kunststück von Ihrem Pluto müssen Sie mir noch mal beschreiben, Herr Roth!«

»Sehr gerne«, sagte der Mann. »Also, Pluto stellt sich auf die Hinterbeine, drückt mit der Schnauze auf den Knopf und schaltet die Spülmaschine aus, sobald sie fertig ist. Das hab ich ihm beigebracht, damit ich Strom spare, wenn ich mal nicht da bin.«

»Genial!«, rief Frau Nowak und griff ihrem Hund Prinz mit der Hand unters Kinn. »Du solltest dir was abschauen von dem klugen Pluto!«

Herr Roth lachte stolz. »Nicht doch, Prinz ist mindestens genauso klug.« Der Windhund spitzte die Ohren und strich um die Beine des Mannes. Herr Roth streichelte ihn. »Braver Prinz! – Dann auf Wiedersehen! Pluto wartet im Auto, ich will ihn nicht so lange alleine lassen.«

»Auf Wiedersehen, Herr Roth!«, sagte Frau Nowak. »War

nett, dass Sie vorbeigeschaut haben. Und wenn Sie wieder mal im Ostviertel sind, Sie wissen ja: Sie sind jederzeit herzlich willkommen.«

»Danke.« Herr Roth nickte Marie und Franzi kurz zu und ging im Laufschritt zurück zum Gartentor.

»Entschuldigt bitte!« Frau Nowak lächelte. »Euch ist bestimmt kalt. Kommt rein! Bei mir gibt es Tee und Kekse.«

Marie war verblüfft. Frau Nowak hatte noch nicht mal nach ihrem Namen gefragt und lud sie sofort in ihr Haus ein, als wären sie beste Freundinnen, die sich jede Woche zum Kaffeekränzchen treffen würden.

Prinz beschnupperte die Mädchen kurz und interessierte sich dann nicht weiter für sie. Schnell verdrückte er sich ins warme Haus.

»Ich hoffe, das Durcheinander stört euch nicht«, sagte Frau Nowak, während sie mit fahrigen Bewegungen die Jacken der Mädchen an die Garderobe hängte. »Mein Mann ist auf Geschäftsreise. Ich hab erst vor drei Wochen wieder angefangen zu arbeiten. Und wenn ich zu Hause bin, hält mich meine kleine Tochter vom Aufräumen ab.« Sie kicherte und schien nicht besonders traurig darüber zu sein.

»Kein Problem«, sagte Franzi. »Wir sind ja auch einfach so hereingeschneit. Das ist übrigens eine Freundin von mir, Marie.«

»Hallihallo, Marie, hallihallo!«

Marie kam sich vor wie auf einem Kindergeburtstag. »Ähm … vielen Dank für die Einladung.«

Franzi hatte nicht übertrieben. Frau Nowak war wirklich ziemlich schräg drauf. Der Kunstworkshop damals in Franzis Klasse war wohl auch sehr speziell gewesen. Die Schüler hatten eine Collage aus kaputtem Spielzeug und ausgerissenen Puppenarmen gemacht. Seit der Geburt ihrer Tochter hatte Frau Nowak keine Zeit mehr für freie Workshops. Sie unterrichtete jetzt an drei Tagen pro Woche an der Realschule, in die Chrissie ging.

»So, und jetzt machen wir es uns in der Küche gemütlich!«, verkündete Frau Nowak.

Sie führte Marie und Franzi durchs Wohnzimmer, das mit abgeschabten Sesseln vom Flohmarkt möbliert war. Dazwischen drängelten sich quietschbunte Figuren aus Holz. Marie betrachtete die mit Bildbänden, Kartons und Verpackungen vollgestopften Regale. Bei einem Wandregal, das ansonsten leer war, blieb ihr Blick hängen. Dort prangte die Pralinenkiste vom Feinkostgeschäft Kranichstein. Hinter dem Rücken von Frau Nowak machte Marie Franzi darauf aufmerksam.

Franzi verstand den Wink und schloss unauffällig die Küchentür, nachdem alle in der Küche versammelt waren. Jetzt hatten sie den Spion ausgetrickst. Er konnte ihr Gespräch nicht mithören.

Prinz machte es sich unter dem Küchentisch bequem und döste vor sich hin. Frau Nowak setzte Wasser auf. Schwungvoll schüttete sie Kekse aus einer Tüte in eine Schale. Magdalena saß schon erwartungsvoll in ihrem Kinderstuhl und patschte mit ihren Händchen auf die Ablage. »Ja, Süße, du bekommst auch gleich deine Milch!«, sagte Frau Nowak.

Beim Wort »Süße« fiel Marie plötzlich etwas ein: Was hätte der Spion eigentlich gemacht, wenn Frau Nowak die Pralinen alle sofort aufgegessen hätte? Kannte der Täter Frau Nowak? Gut möglich. Das würde für eine Erpressung sprechen. Während Marie ihren Gedanken nachhing, nuckelte Magdalena glücklich an ihrer Milchflasche. Dann legte sie eine Pause ein, lachte Marie an und sagte: »Da!« Der Zeigefinger der Kleinen richtete sich ganz klar auf die Schale mit den Keksen.

»Darf ich ihr einen Keks geben?«, fragte Marie vorsichtshalber.

Frau Nowak hatte nichts dagegen. Marie brach einen Keks in der Mitte entzwei und gab eine Hälfte Magdalena. Im Nu war der Keks in ihrem Mund verschwunden. »Da!«, rief Magdalena wieder. Ihre blauen Augen strahlten wie Sterne, als sie auch noch die zweite Kekshälfte bekam.

Marie ertappte sich dabei, dass sie lächelte und an das winzige Baby in Tessas Bauch denken musste. Ob es ein Mädchen wurde? Oder ein Junge? Ein Junge wäre perfekt, fand Marie. Schließlich gab es schon drei Frauen in der Familie. Aber der Junge brauchte natürlich noch einen Namen. Marie hatte eine Idee: Beim nächsten Familienabend könnten sie sich gemeinsam schöne Vornamen ausdenken.

»Hast du nun eine Visitenkarte dabei oder nicht?« Franzis ungeduldige Stimme holte Marie zurück in die Gegenwart.

»Ja, klar …« Marie zog hastig ihren Geldbeutel aus der Handtasche. In einem Geheimfach bewahrte sie immer ein paar Visitenkarten des Detektivclubs auf. »Hier, bitte!«, sagte sie und gab Frau Nowak eine davon.

Frau Nowak las interessiert den aufgedruckten Text.

Die drei !!!

Detektivinnen

Kim Jülich
Franziska Winkler
Marie Grevenbroich

Wir lösen jeden Fall!

Kontakt: siehe Rückseite

»Das klingt ja richtig professionell«, sagte Frau Nowak beeindruckt. »Ich verstehe nur noch nicht, warum ihr heute zu mir gekommen seid.«

Franzi sah die Kunstlehrerin ernst an. »Wir wissen, dass Sie abgehört werden. Ein Spion hat in der Pralinenkiste, die Sie gestern Abend bekommen haben, eine Wanze versteckt, ein kleines Abhörgerät.«

Frau Nowak ließ vor Schreck den Zuckerlöffel fallen. »Was sagt ihr da? Ihr macht Scherze, oder?«

»Leider nicht«, seufzte Marie. Insgeheim ärgerte sie sich noch immer, dass sie von Kim und Franzi überstimmt worden war. So nervös, wie Frau Nowak war, würde sie garantiert gleich die Polizei anrufen.

»Ein Abhörgerät? In der Pralinenkiste? Woher wisst ihr das überhaupt?« Frau Nowak nahm ihre Tochter aus dem Kinderstuhl und schmiegte sich eng an das Kind.

Franzi erklärte, wie Chrissie zufällig auf die Wanze gestoßen war. Bei ihrer Erzählung wurde die Kunstlehrerin immer nervöser.

»Beruhigen Sie sich, bitte!«, sagte Marie. »Bislang ist ja nichts Schlimmes passiert. Und jetzt sind wir hier, um Ihnen zu helfen. Bitte denken Sie nach: Haben Sie jemanden in Verdacht? Wer könnte Sie ausspionieren wollen? Haben Sie irgendwelche Feinde?«
Frau Nowak spielte gedankenverloren mit einer Locke von Magdalena. »Nein, nein! Ich habe keine Feinde. Mein Mann und ich verstehen uns wunderbar mit unseren Nachbarn. Meine Lehrerkollegen mögen mich auch sehr und ich mag sie. Mein Mann ist sowieso sehr beliebt. Er ist Vertreter für einen Kunstbuchverlag.«
Franzi nickte nachdenklich. »Verstehe … Aber vielleicht gibt es trotzdem jemanden in Ihrem Bekanntenkreis, der nicht gut auf Sie zu sprechen ist oder der etwas haben will, was Ihnen gehört – der Sie vielleicht sogar erpressen will.«
»Nie im Leben!« Frau Nowak klang jetzt regelrecht entrüstet. »Ich wüsste gar nicht, womit man mich erpressen sollte. Das ist doch absurd.« Ratlos sah sie erst Franzi, dann Marie an. »Was soll ich denn jetzt machen? Die Pralinenkiste wegwerfen?«
Marie hob die Schultern, als ob ihr das völlig egal wäre. »Die Entscheidung liegt natürlich ganz bei Ihnen, aber wir würden Ihnen davon abraten. Stellen Sie sich vor, was dann passiert: Der Spion merkt sofort, dass er entdeckt wurde. Belassen Sie die Wanze an ihrem Platz, so wiegen wir den Täter in Sicherheit und können ihm leichter auf die Spur kommen.«
»Ach so … ja … ihr habt völlig recht.« Frau Nowak strich ihrer kleinen Tochter immer wieder über den Kopf. Dann stoppte sie mitten in der Bewegung und kicherte. »Die Poli-

zei werde ich auf keinen Fall einschalten. Mein Exmann war Polizist. Ich will mit der Polizei nichts mehr zu tun haben!«
Marie fiel ein Riesenstein vom Herzen.
Franzi räusperte sich. »Sie sind also damit einverstanden, dass wir den Fall übernehmen. Wir werden alles dafür tun, damit Ihnen und Ihrer Tochter nichts passiert. Wir werden Ihr Haus am Wochenende von außen überwachen, falls der Spion einen Einbruch plant.«
Frau Nowak sah jetzt überhaupt nicht mehr ängstlich aus. »Einverstanden! Das ist total lieb von euch. Uns wird schon nichts passieren. Und Prinz ist schließlich auch noch da. Er ist ein prima Wachhund, nicht wahr, Prinz?«
Zum Beweis erwachte der Windhund aus seinem Nickerchen, bellte zweimal kurz und knurrte.

Kim saß kerzengerade in ihrem Lesesessel, den Ratgeber aufgeschlagen in ihrem Schoß. Sie tat so, als würde sie weiterhin aufmerksam lesen. In Wirklichkeit konzentrierte sie sich auf das Gespräch der Kundinnen in der Buchhandlung.
»Ja, genau, die Betrüger, die gerade im Ostviertel unterwegs sind!«, erzählte die ältere Kundin, eine schlanke, gepflegte Frau Anfang 60 im Pelz. »Sie geben sich als Heizungsableser aus. Die Anwohner schöpfen keinen Verdacht und lassen die Betrüger ins Haus. Im Nachhinein stellen sie fest, dass sie dreist bestohlen wurden.«
»Bargeld, Schmuck, Wertpapiere, diese Schurken machen vor nichts halt!«, bestätigte die weißhaarige Dame.
Jetzt mischte sich die Besitzerin der Buchhandlung ins Gespräch ein. Sie kam hinter der Kasse hervor und schwenkte

die Tageszeitung. »Ich hab es auch gerade gelesen. Man kann heutzutage wirklich niemandem mehr vertrauen.«
Die drei Frauen steckten die Köpfe zusammen und tuschelten aufgeregt weiter. Die Zeitung wurde bald zur Seite gelegt. Viel spannender fanden die Damen, sich gegenseitig Schauergeschichten von anderen Betrügern mit noch dreisteren Tricks zu erzählen: Diebe, die sich als Enkel ausgaben und plötzlich in einer »Notlage« steckten. Magier, die angeblich Geldscheine verdoppeln konnten, und so weiter.
»Darf ich mir die Zeitung mal kurz ausleihen?«, fragte Kim. Keine der Frauen hatte bemerkt, wie sie aufgestanden war und sich ihnen genähert hatte. Kim hätte sich genauso gut an der offenen Kasse zu schaffen machen können.
»Ja, ja …«, murmelte die Besitzerin zerstreut.
Kim nahm die Zeitung und ging damit zurück zu ihrem Lesesessel. Die Meldung war rot eingekreist und fasste das Klatschthema des Tages in nüchternen Sätzen zusammen.

Polizei warnt vor Betrügern
Diebe geben sich als Heizungsableser aus
Die Männer treten zu zweit auf, tragen blaue Arbeitskittel und behaupten, bei der letzten Heizungsablesung sei ein Messwert nicht abgenommen worden. Diesen müssten sie nun nachtragen. Sobald ahnungslose Bürger sie ins Haus lassen, nutzen die Betrüger die Gelegenheit zum Diebstahl von Wertgegenständen. Die Männer wurden zuletzt im Ostviertel gesichtet. Genaue Personenbeschreibungen liegen bisher nicht vor. Mitbürger werden um äußerste Vorsicht gebeten. Sachdienliche Hinweise an die Polizeiwache Ost oder jede andere Polizeidienststelle.

An der Schokoladenfront

Kim erschrak. War Frau Nowaks Haus etwa das nächste Ziel der Betrüger? Hatte einer der Diebe die Pralinen mit der Wanze ins Haus gebracht, um einen größeren Einbruch zu planen? Durch das Abhörgerät wäre es ein Kinderspiel für die Spione mitzubekommen, wann und wie lange die Bewohner nicht daheim sein würden. Dann konnten sie unbehelligt einbrechen und sich in aller Ruhe bedienen. Sie mussten nur vorsichtig sein, wenn die Bewohner überraschend früher zurückkamen. Aber für diesen Fall hatten sie wahrscheinlich auch schon vorgesorgt. Sie würden die armen Leute mit der Pistole bedrohen und …

»Hände hoch!«, zischte eine heisere Stimme hinter ihr.

Kims Herz verkrampfte sich. Ein Panzer legte sich um ihren Körper. Selbst wenn sie es gewollt hätte, sie konnte ihre Hände keinen Millimeter bewegen.

»Na, wird's bald?« Eine zweite Stimme mischte sich ein. Sie war tiefer und irgendwie brüchig, ging jedoch schnell in ein unterdrücktes Kichern über.

Mit einem Befreiungsschlag sprengte Kim den Panzer und drehte sich um. Vor ihr standen Marie und Franzi, halb grinsend, halb verlegen.

»Seid ihr verrückt?«, brauste Kim auf. »Wie konntet ihr mich so erschrecken? Ich hätte einen Herzinfarkt bekommen können!« Ihr Herz hämmerte wild gegen die Brust.

Franzi hörte auf zu grinsen und machte ein schuldbewusstes Gesicht. »Tut mir leid. Es sollte nur ein Spaß sein.«

»Wir dachten, du hättest uns sowieso schon bemerkt, als wir uns an dich rangeschlichen haben«, verteidigte sich Marie.
Langsam beruhigte sich Kims Herzschlag wieder. Grimmig sagte sie: »Es ist mir egal, was ihr gedacht habt. Macht so was nie wieder, hört ihr?«
»Schon verstanden.« Marie zog die Mundwinkel nach unten. »Du hast ja recht. Wir sollten uns die Adrenalin-Ausschüttungen für den Ernstfall aufheben.«
Kim tippte auf die rot umrandete Meldung. »Genau. Der Ernstfall ist übrigens bereits eingetreten. Lest mal das hier.«
Aufgeregt beugten sich Marie und Franzi über die Zeitung. Franzi pfiff leise durch die Zähne. »Das klingt gar nicht gut. Und wir haben gerade noch Frau Nowak beruhigt, dass sie sich keine Sorgen machen muss.«
»Das sehe ich jetzt auch anders.« Marie zückte ihr Handy und machte ein Foto von der Meldung.
»Wie war es denn überhaupt bei Frau Nowak? Erzählt!«, drängte Kim.
Marie und Franzi brachten ihre Freundin auf den neuesten Stand. Nachdem auch Kim von ihrem Blitzbesuch bei Kommissar Peters berichtet hatte, beschlossen die Detektivinnen einstimmig, sofort zum Nowak-Haus zurückzufahren. Sie legten die Zeitung neben die Kasse und brachen eilig auf.
Kim machte sich mittlerweile Vorwürfe. War es richtig gewesen, Frau Nowak zu überreden, die Wanze nicht zu entfernen? Hätten sie nicht lieber auf Nummer sicher gehen müssen? Kim biss sich auf die Unterlippe. Manchmal war es verflixt schwer, Detektivin zu sein und die vollen Konsequenzen für eine Entscheidung zu tragen.

Zwei Tage später stapften Kim, Franzi und Marie nach der Schule in Richtung Innenstadt. In der letzten Nacht hatte es ausgiebig geschneit. In Kims Kopf kreisten die Gedanken auf Hochtouren. Gleichzeitig kämpfte sie gegen eine bleierne Müdigkeit an.

Marie und Franzi waren auch nicht gerade taufrisch. »Noch so ein Wochenende und ich brauche einen Wellness-Urlaub!«, stöhnte Marie. »Gestern Abend hab ich versucht, mich mit einem Kleopatra-Bad zu entspannen, aber nicht mal das hat mir geholfen.«

»Du Arme!«, sagte Franzi spöttisch. »Tja, so ist das nun mal, wenn man als Detektivin vollen Einsatz zeigt.«

Die drei !!! hatten den Samstagnachmittag und -abend sowie den kompletten Sonntag über das Nowak-Haus von außen überwacht. Sie waren zwar nicht die ganze Zeit zu dritt vor Ort gewesen, sondern hatten sich abgewechselt und zwischendurch drinnen bei Frau Nowak aufgewärmt. Trotzdem war die Observierung megaanstrengend gewesen.

Kim nahm sich von einem Zaun eine Handvoll Schnee und formte daraus einen Ball. »Ich muss dauernd daran denken, was der weiße Lieferwagen in der Gegend zu suchen hatte. Es war schon ziemlich verdächtig, dass er gleich dreimal um das Haus von Frau Nowak gekurvt ist.«

Marie nickte. »Allerdings. Zu dumm, dass die Scheiben getönt waren und wir so gar nicht sehen konnten, wer drinsaß. Das Autokennzeichen hilft *uns* ja nicht viel weiter.«

»Dabei wäre es für Kommissar Peters total leicht, uns den Halter des Fahrzeugs zu nennen«, sagte Franzi. »Würde er natürlich nie machen.«

Kim schleuderte den Schneeball vor sich auf den Gehsteig. »Die Polizei, dein Freund und Helfer«, murmelte sie wütend. Die drei !!! hatten bereits bei einem früheren Fall Kommissar Peters darum gebeten, ihnen den Halter eines verdächtigen Fahrzeugs zu verraten. Ohne Erfolg. Der Kommissar hatte ihr Anliegen aus Datenschutzgründen rigoros abgelehnt.
Kim war ganz und gar nicht zufrieden mit dem bisherigen Verlauf der Ermittlungen. Der Lieferwagen war nämlich das einzige spannende Ereignis von zwei Tagen mühevoller Überwachung gewesen. Ansonsten hatten sich keine verdächtigen Personen dem Haus genähert.
»Hat sich Frau Nowak heute schon bei euch gemeldet?«, fiel Marie plötzlich ein. »Sie wollte doch Bescheid geben, wie der Vormittag war.«
»Sie hat vorhin eine SMS geschickt«, sagte Franzi. »Es ist alles in Ordnung. Während wir in der Schule saßen, war sie im Garten und hat einen Schneemann gebaut. Magdalena und Prinz waren auch dabei. Sie haben jede Menge Lärm gemacht und dadurch wahrscheinlich jeden Betrüger ordentlich abgeschreckt.«
Kim atmete erleichtert auf. Ihr war immer noch nicht wohl bei dem Gedanken, dass das Wohnzimmer der Nowaks nach wie vor einem permanenten Lauschangriff ausgesetzt war, aber Frau Nowak selbst hatte darauf bestanden.
Inzwischen hatten die Detektivinnen die Innenstadt erreicht und bogen in die Fußgängerzone ein. Sie konnten es kaum erwarten, endlich Frau Martin, die Kassiererin vom Feinkostgeschäft Kranichstein, zu befragen.
Der Laden war zum Glück leer, als sie reinkamen. Frau Mar-

tin naschte gerade eine Praline. Als sie die Ladenglocke hörte, sah sie ertappt hoch.
»Wir sind es nur.« Kim ging lächelnd auf sie zu. »Hallo, Frau Martin! Wie geht es Ihnen?«
»Sehr gut.« Die Kassiererin stand auf. »Wie nett, dass du mal bei uns vorbeischaust«, sagte sie zu Kim. »Du kommst gerade richtig. Wir haben Vollmilchschokolade mit Mandelsplittern im Sonderangebot.«
Kim lief das Wasser im Mund zusammen. Das war ihre Lieblings-Schokoladensorte. »Danke für den Tipp! Ich nehme eine Tafel mit, aber vorher wollten wir Sie noch was fragen.«
Frau Martin musterte die Detektivinnen neugierig. »Worum geht es denn? Habt ihr wieder einen neuen Fall?«
»Ja«, antwortete Marie knapp. »Über Details dürfen wir leider keine Auskunft geben. Das verstehen Sie sicher. Aber zurück zu unserer Frage: Letzten Freitag wurde bei Ihnen eine 750-Gramm-Holzkiste mit der berühmten Kranichsteiner Mischung gekauft. Erinnern Sie sich noch an den Käufer oder die Käuferin?«
Frau Martin schloss für einen Moment die Augen. »Ja, schon … Es war ein Mann. Er trug einen blauen Arbeitskittel.«
»Können Sie den Mann beschreiben?« Kim hatte ihr Detektivtagebuch auf das Kassenband gelegt und wartete mit gezücktem Kugelschreiber.
»Ja, vielleicht …«, überlegte Frau Martin laut. »Er war nicht klein … Besonders groß war er aber auch nicht.«
Franzi versuchte, sich ihre Ungeduld nicht anmerken zu lassen. »Wie alt schätzen Sie ihn? Welche Haarfarbe hatte er?«

Die Kassiererin brauchte wieder lange für ihre Antwort. »Wie alt? Ihr fragt Sachen! Hmmm ... na ja, schon eher relativ jung. Aber auf die Haare hab ich nicht geachtet. Er kam zur Stoßzeit am Feierabend. Es war sehr viel los und ich war allein an der Kasse.«
Kim notierte sich sorgfältig die spärlichen Informationen. Sie hakte noch einmal nach, was den Arbeitskittel betraf, aber je länger die Befragung dauerte, umso widersprüchlicher fielen die Antworten aus. Frau Martin konnte sich schlichtweg nicht erinnern. Das ging leider den meisten Leuten so, die nicht daran gewohnt waren, wie die drei !!! mit detektivischem Scharfblick durch die Welt zu laufen.
»Vielen Dank für Ihre Mithilfe«, sagte Kim freundlich, obwohl sie ziemlich enttäuscht war. Jetzt brauchte sie dringend Vollmilchschokolade mit Mandelsplittern. Sie bezahlte und die Detektivinnen traten geschlossen den Rückzug an.
»Das war ja nicht gerade aufschlussreich«, seufzte Marie. »Aber einen entscheidenden Hinweis haben wir wenigstens: Der Verdächtige trug einen blauen Arbeitskittel. Ich kann mir gut vorstellen, dass es einer der Betrüger war, die sich als Heizungsableser ausgeben.«
Kim schob sich ein Stück Schokolade in den Mund. »Davon gehe isch auch ausch«, nuschelte sie. Dann warf sie einen Blick auf ihre Armbanduhr und rief aufgeregt: »Ich muss sofort zum Schwimmbad!« Marie und Franzi sahen sie verständnislos an. »Was willst du denn dort?«, fragte Marie. »Nach Unterwasserabhöranlagen suchen?«
Kim schüttelte lachend den Kopf. »Erzähl ich euch später. Tschüss!«

Volltreffer am Computer

Kim sperrte ihre Klamotten in den Spind, zog den Schlüssel ab und band ihn sich ans Handgelenk. Dabei musste sie wieder an Maries Bemerkung mit den Unterwasserabhöranlagen denken. Leise kicherte sie vor sich hin. Nein, heute Nachmittag würde sie garantiert keinen einzigen Gedanken an den verzwickten Fall verschwenden. Dieser Nachmittag gehörte nur Michi und ihr!

Kim trat vor den Spiegel und betrachtete sich prüfend im Badeanzug, den Marie ihr beim letzten Shoppingausflug geschenkt hatte. Der knallrote Einteiler hatte an den Seiten weiße Streifen und raffinierte Neckholderträger. Kim drehte sich einmal um die eigene Achse und fand ihren Körper wunderschön. Das hübsche, strahlende Mädchen im Spiegel war tatsächlich sie selbst!

Kim summte vor sich hin. Unter der Dusche fand sie auch ihre Stimme wunderschön. Kim beeilte sich, schnappte das Handtuch und drückte die Tür zur Schwimmhalle auf.

Michi wartete am Rand des Sportbeckens. Er stand mit dem Rücken zu ihr und konnte sie nicht sehen. Plötzlich hatte Kim ein unwiderstehliches Bedürfnis. Sie schlich sich auf Zehenspitzen an ihn heran und gab ihm einen kleinen Schubs. Michi ruderte mit den Armen, konnte aber das Gleichgewicht nicht mehr halten. Als er mit einem Tarzan-Schrei ins Wasser plumpste, sprang Kim hinterher.

Michi tauchte prustend neben ihr auf. »Na warte, jetzt bist du dran!«

»Neiiiin!«, rief Kim und machte ein paar schnelle Schwimmzüge. Michi holte sie rasch wieder ein. Lachend streckte er die Arme nach ihr aus. Gleich würde er sie untertauchen. Kim kniff schon mal sicherheitshalber die Augen zusammen. Aber dann passierte etwas ganz anderes.
Michi drückte ihr einen zärtlichen Kuss auf den Mund. »Du … du bist unmöglich!«, beschwerte er sich und strahlte sie mit seinen blaugrünen Augen an. »Kaum zu fassen, aber ich liebe dich trotzdem.«
»Und ich liebe dich!« Kim wurde von einer Glückswelle überflutet. »Komm, lass uns um die Wette schwimmen!« Bevor Michi antworten konnte, kraulte sie los.
Sekunden später war er wieder neben ihr. Kopf an Kopf schwammen sie um die Wette, bewegten im gleichen Takt die Arme, tauchten im selben Augenblick mit dem Kopf unter Wasser. Nach 100 Metern merkte Kim, dass ihre Arme schwerer wurden. Aber jetzt hatte der Ehrgeiz sie gepackt. Sie blieb nur eine halbe Schwimmlänge zurück, ließ sich nichts anmerken. 150 Meter. Erst bei der letzten Bahn zog Michi an ihr vorbei. Keuchend erreichte Kim den Beckenrand.
»Ich … sollte … mehr … Sport … machen!«, brachte sie mühsam hervor. »Das macht … echt Spaß!« Zum ersten Mal verstand sie wirklich, warum Marie freiwillig zum Schwimmen und zum Aerobic ging. Sport setzte Glückshormone frei!
»Bitte nicht!«, sagte Michi mit gespielter Verzweiflung in der Stimme. »Dann hängst du mich das nächste Mal ja total ab.«

»Glaube ich nicht.« Kim zog sich mit einem Schwung hoch und setzte sich auf den Beckenrand.
Michi setzte sich neben sie. Wassertropfen glitzerten auf seinen Schultern. Täuschte sich Kim oder waren seine Schultern breiter geworden? Auch die Oberarme sahen irgendwie muskulöser aus.
Michi hatte ihren bewundernden Blick bemerkt und grinste stolz. »Ich trainiere seit einiger Zeit mit Gewichten. Ist ein super Ausgleich zum Lernen.«
Kim schlug sich mit der Hand gegen die Stirn. »Entschuldige, ich hab dich noch gar nicht gefragt: Wie war deine Prüfung?«
»Ist gut gelaufen«, erzählte Michi. »Es kamen genau die Chemieaufgaben dran, die ich mir besonders gründlich angesehen hatte.«
»Gratuliere!« Kim legte stolz den Arm um ihren Freund.
Anfangs hatte sie Michis Ausbildungsgang zum chemisch-technischen Assistenten todlangweilig gefunden. Vor allem als Michi eine Weile nur noch von seinen späteren Berufsaussichten, Bausparverträgen und Versicherungen erzählt hatte. Doch diese Zeiten waren längst vorbei. Michi machte jetzt total spannende Sachen in seiner Freizeit: Zum Beispiel entwarf er gemeinsam mit Felipe atemberaubende Feuerwerke.
»Und wie war's bei dir heute?«, erkundigte sich Michi.
Kim streckte den Daumen ihrer rechten Hand in die Höhe. »Ich hab für meinen Deutschaufsatz eine Eins bekommen. Stell dir vor: Ich durfte den Aufsatz sogar vor der Klasse vorlesen! Alle haben geklatscht und meine Lehrerin hat mich über den grünen Klee gelobt.«

»Wahnsinn!« Michi strahlte, als ob er das Lob selbst bekommen hätte. »Ich hab dir ja schon immer gesagt: Du hast ein Riesentalent zum Schreiben.«
»Meinst du wirklich?« Kim wurde rot. So hatte sie das bisher noch gar nicht gesehen. Oft kam sie sich wie eine Hochstaplerin vor, wenn sie von ihren Schreibprojekten und dem Wunsch, später mal Krimiautorin zu werden, sprach.
»Klar!«, bekräftigte Michi mit einem energischen Kopfnicken. »Du bist eine tolle Autorin und eine geniale Detektivin. Ich bin megastolz, dass ich so eine kluge Freundin habe!«
»Hör bloß auf, sonst werde ich noch größenwahnsinnig«, wehrte Kim ab.
Das Schönste waren gar nicht mal Michis Komplimente. Noch mehr freute sie sich, dass er ihr den Erfolg so neidlos gönnte. Sie hoffte, dass es ihr umgekehrt genauso gehen würde, wenn Michi in seinem Beruf oder als Pyrotechniker voll durchstartete.
»Vorgestern hab ich übrigens in einer Buchhandlung einen Ratgeber entdeckt, wie man Krimis schreibt«, erzählte Kim. »Da standen ein paar super Übungen drin, die ich mir gemerkt habe. Vielleicht sollte ich eine davon mal ausprobieren.«
Michi nickte begeistert. »Unbedingt! Mach das.«
»Das werde ich«, versprach Kim.
Der Zeitpunkt war perfekt. Die nächsten beiden Tage hatte sie schulfrei. Es waren Winterferien, also konnte sie sich neben dem Fall um ihr vernachlässigtes Hobby kümmern.
Kim stand auf und zeigte hinüber zum Kiosk. »Weißt du,

worauf ich jetzt Lust habe? Auf eine extragroße Portion Pommes rot-weiß!«
»Super Idee«, sagte Michi. »Mein Magen knurrt auch schon wie ein Rudel Wölfe. Ich lade dich ein.«
Hand in Hand gingen sie in Richtung Kiosk. Kim spürte die Blicke der anderen Besucher. Sie musste nicht hinsehen, sie wusste es auch so: Michi und sie waren heute mit Abstand das glücklichste Paar im ganzen Schwimmbad!

Glück war leider ein flüchtiges Gefühl. Es konnte nicht ewig dauern. Diese schmerzliche Erfahrung musste Kim machen, als sie nach dem Schwimmen nach Hause kam. Sie wollte gerade ihre Stiefel ausziehen, als ein rundes, hartes Wurfgeschoss gegen ihre Stirn prallte.
»Aua!«, brüllte Kim.
Die Flugbahn des Wurfgeschosses endete im Schirmständer. Ben und Lukas kamen in den Flur gerannt. »Tolle Flanke, was?«, rief Ben.
»Die hat voll gesessen!« Lukas befreite den Fußball aus dem Schirmständer und dribbelte damit um Kim herum, als ob nichts gewesen wäre.
»Habt ihr sie noch alle?«, rief Kim entrüstet. »Ihr habt mir wehgetan.«
»Aua, aua!«, machte Ben. Die Zwillinge kreischten vor Vergnügen. Dabei verlor Lukas kurz die Kontrolle über den Ball. Kim schoss mit dem Körper nach vorne, fing den Ball geschickt auf und sicherte ihn hinter ihrem Rücken. »So, jetzt ist Schluss! Mama hat euch tausendmal verboten, im Flur oder im Wohnzimmer Fußball zu spielen.«

Sofort ging ein Riesengeschrei los. Die Zwillinge versuchten, Kim den Ball wieder abzujagen, hatten aber keine Chance gegen ihre große Schwester.

»Was ist hier los?« Frau Jülich stürzte aus ihrem Arbeitszimmer.

»Kim hat uns den Ball weggenommen!« – »Sie ist voll gemein zu uns!« – »Wir haben gar nichts gemacht.«

Kim wartete ab, bis ihre Brüder eine Atempause einlegen mussten. Aus Frau Jülichs Arbeitszimmer hörte man klassische Musik. Kim erkannte sofort die Musik wieder, die sie ihrer Mutter zu Weihnachten geschenkt hatte: *Sanfte Melodien zum Entspannen*. Kim holte tief Luft und stellte den wahren Sachverhalt klar.

Frau Jülich stöhnte. »Ihr bringt mich noch an den Rand des Wahnsinns! Ben, Lukas, ihr entschuldigt euch jetzt bei Kim. Und dann geht ihr wieder auf euer Zimmer und macht endlich eure Hausaufgaben.«

»'tschuldigung«, nuschelten die Zwillinge kaum hörbar.

Ben grinste. »Wir gehen gleich rauf. Wir müssen nur noch das Musikvideo fertig schauen.« Kim konnte es nicht glauben. Er wollte tatsächlich mit seinem Bruder ins Wohnzimmer abdüsen.

»Stopp!«, rief Frau Jülich. »Fußball und Fernsehen sind für heute gestrichen.«

»Das ist voll fies!«, protestierte Lukas. »Da läuft gerade das neue Video von den *Crazy Underdogs*.«

»Hier läuft gar nichts.« Frau Jülich packte ihre Söhne an den Schultern und zeigte ihnen den Weg zur Treppe.

»Manno!«, schimpfte Ben. »Dann gehen wir eben ins Kon-

zert von den *Crazy Underdogs*! Die kommen nämlich übernächsten Samstag in die Stadt.«
»Was?«, mischte sich Kim ein. »Ist das wahr?«
»Ja, Schnarchnase!«, sagte Lukas und streckte ihr die Zunge raus.
Kim machte einen Luftsprung. »Die *Crazy Underdogs*! Die *muss* ich live sehen.« Neben den *Boyzzzz* waren die rockigen Newcomer ihre absolute Lieblingsband. Kim hatte sich alle Songs auf ihr Handy geladen und hörte sie, wann immer sie unterwegs war, alleine oder zu zweit mit Michi, der auch ein Riesenfan war.
Kim beschloss, die günstige Situation auszunutzen. Frau Jülich war sauer auf Ben und Lukas und hatte ihre Tochter gerade wie eine Löwin verteidigt. »Mama … bestellst du für mich online zwei Karten? Ich will mit Michi ins Konzert. Ich hab auch genug Taschengeld gespart.«
»Äh … ja, wenn Michi als Begleitperson dabei ist. Warum nicht? Wenn es dir eine Freude macht.« Die Überrumpelungstaktik hatte gewirkt.
Kim fiel ihrer Mutter um den Hals. »Danke, danke, danke!« Sie hakte sich bei Frau Jülich unter. »Gehen wir in dein Arbeitszimmer, Mama? Wir können die Karten gleich an deinem Computer bestellen.«
Ben und Lukas hatten die ganze Zeit mit offenen Mündern zugehört. Als sie merkten, was vor sich ging, fingen sie an zu betteln: »Wir wollen auch ins Konzert!« – »Du musst uns auch Karten kaufen!«
»Ich muss gar nichts!« Frau Jülich sah die Zwillinge streng an. »Erstens habt ihr es euch durch euer Verhalten nicht ver-

dient und zweitens seid ihr noch viel zu jung, um auf ein solches Konzert zu gehen.«

»Neeeinn!«, brüllten die Jungs.

Kim ignorierte das Geschrei ihrer kleinen Brüder und zog sich mit ihrer Mutter ins Arbeitszimmer zurück. Als die Tür geschlossen war, genoss sie es in vollen Zügen, wie ihre Mutter im Takt der *Sanften Melodien zum Entspannen* auf der Tastatur tippte.

Ein paar Mausklicks später war Kim stolze Besitzerin von zwei Konzertkarten. Sie bedankte sich noch mal mit einer Extraumarmung bei ihrer Mutter und rannte hinauf in ihr Zimmer. Erst wollte sie sofort zum Handy greifen, um Michi anzurufen, aber dann hatte sie eine viel bessere Idee. Sie würde Michi die Karte schenken und ihn mit dem Konzert überraschen. Und jetzt hatte sie sowieso keine Zeit zum Telefonieren, sie musste noch dringend was erledigen.

Kim fuhr den Laptop hoch und begann eine ausgedehnte Internet-Recherche zu den Heizungsableser-Betrügern. Zuerst sammelte sie sämtliche Meldungen aus der Tageszeitung, den Stadtteilblättern und Online-Nachrichten. Danach prüfte sie, ob es Bilddaten gab.

»Volltreffer!«, murmelte sie.

Vor 15 Minuten hatte ein Diebstahlopfer ein Foto der Betrüger ins Netz gestellt. Es war automatisch mit der Videokamera über der Eingangstür aufgenommen worden, als die Diebe das Haus betreten hatten. Zwei Männer waren im Profil zu sehen. Sie trugen blaue Arbeitskittel und schwarze Basecaps mit breitem Schild. Dadurch waren ihre Gesichter leider nicht zu erkennen. Außerdem war das Foto ziemlich unscharf. Trotzdem gab es immer noch genügend Details, die Kim in ihre Personenbeschreibung aufnehmen konnte.

Tatverdächtiger 1, links im Bild
Schlechte Körperhaltung, krummer Rücken, große Hände, schwarze Sneakers. Unterer Saum des Arbeitskittels eingerissen.

Tatverdächtiger 2, rechts im Bild
Einen Kopf kleiner als sein Komplize, schlank, sportliche Figur, ebenfalls schwarze Sneakers, Pferdeschwanz.

»Moment mal, was ist das denn?« Kim zoomte den Pferdeschwanz des zweiten Tatverdächtigen hoch, bis sie eine Haarsträhne vergrößert sehen konnte, die sich aus dem Pferdeschwanz gelöst hatte. In Wirklichkeit war es gar keine Haarsträhne. Es war eine Feder, an der ein Totenkopf baumelte!

An die Arbeit!

»*No more, no more, no more school!*«
Die *Crazy Underdogs* rockten den Refrain ihres neuen Songs. Kims Handy, das gleichzeitig auf Vibrationsalarm gestellt war, rutschte mit zuckenden Bewegungen auf dem Nachttisch hin und her.
»Hallo?«, meldete sich Kim verschlafen.
»Hier ist Juliane Nowak! Bei mir … bei mir …« Die Kunstlehrerin war so aufgelöst, dass sie kaum ihren Satz zu Ende bringen konnte. »Bei mir wurde eingebrochen!«
»Was?? Wann denn?« Mit einem Schlag war Kim hellwach.
»Gerade eben … also … heute Morgen.« Frau Nowak wirkte ziemlich durcheinander. »Es ist alles so schrecklich. Ich brauche eure Hilfe!«
Kim sprang mit einem Satz aus dem Bett. »Rühren Sie nichts an. Bleiben Sie ganz ruhig. Wir kommen sofort zu Ihnen.«
»Danke. Beeilt euch bitte!« Frau Nowak legte auf.
Kim schlüpfte hastig in ihre Jeans und zog sich Strümpfe an. Im Schrankspiegel entdeckte sie eine Beule auf ihrer Stirn. Sofort fiel ihr wieder ein, wer ihr dieses hübsche Andenken verpasst hatte: niemand anderes als Ben und Lukas.
Kim ignorierte die Beule und aktivierte die Lautsprecherfunktion ihres Handys. Während die Verbindung zu Marie aufgebaut wurde, zog sie sich eine Strickjacke an.
»Du störst mich beim Yoga«, meldete sich Marie Grevenbroich vorwurfsvoll. »Was gibt es denn?«
»Arbeit für die drei !!!«, sagte Kim ungerührt. »Einbruch bei

Frau Nowak. Verständigst du Franzi? Jeder kommt schnellstmöglich zum Einsatzort. Alles klar?«
»Alles klar, Chefin!«, sagte Marie. »Ich fliege.«

Frau Nowak war immer noch ziemlich aufgelöst, als sie Kim, Franzi und Marie die Haustür öffnete. Sie musste geweint haben, jedenfalls war der schwarze Kajal um ihre Augen stark verwischt. »Ich bin ja so froh, dass ihr da seid! Kommt rein.«
Prinz begrüßte die Detektivinnen mit einem freudig-aufgeregten Bellen und sprang begeistert an Franzi hoch, die er seit dem letzten Wochenende zu seinem Liebling auserkoren hatte. Er knurrte beleidigt, als sie ihn nur flüchtig streichelte.
»Stellt euch vor, was passiert ist …«, wollte Frau Nowak einfach losreden.
Kim unterbrach sie sofort: »Nicht hier!« Sie deutete mit einer Kopfbewegung ans andere Ende des Flurs. Die Tür zum Wohnzimmer war nur angelehnt und dort befand sich immer noch das Abhörgerät.
Frau Nowak zog vor Schreck die Schultern hoch. »Ach so … natürlich. Daran hab ich gar nicht gedacht.« Sie dimmte ihre Stimme zu einem vertraulichen Raunen: »Lasst uns in mein Atelier hochgehen. Ich hol nur noch rasch meine Tochter.«
Sie verschwand kurz in der Küche und kehrte mit der schlafenden Magdalena in der Babyschale zurück. »Prinz, du bleibst hier unten und passt auf! Verstanden?«
Der Windhund spitzte die Ohren und trabte gehorsam zur Haustür, wo er sich auf dem Fußabstreifer niederließ.
Magdalena schlief. Ihre pausbäckigen Wangen waren leicht gerötet. »Wie süß!«, flüsterte Kim. Sie konnte nur schwer

dem Impuls widerstehen, Magdalena über die Wange zu streichen, aber sie wollte sie auf keinen Fall aufwecken.

Schweigend folgten die Detektivinnen der Kunstlehrerin. Neben der Garderobe führte eine Holztreppe mit ausgetretenen Stufen in die oberen Stockwerke. Das Atelier war im Dachgeschoss untergebracht. Durch die großen Oberlichtfenster wirkte der Raum hell und einladend. Es roch nach frischer Farbe. Auf einer Staffelei stand das neueste Bild der Kunstlehrerin: eine wilde Komposition aus Grün, Blau und Gelb.

Marie betrachtete das Chaos aus Farbtuben, Pinseln, Bildern und Kunstobjekten im Atelier. »Darf ich raten? Der Dieb hat eines Ihrer Werke gestohlen!«

Frau Nowak lachte verlegen. »Nein, nicht doch! Es ist alles noch da. Meine Kunst kommt … äh … bei vielen Menschen nicht so gut an.« Vorsichtig stellte sie die Babyschale auf dem Boden ab und drehte ein großformatiges Bild eines explodierenden Kaktus mit der Motivseite zur Wand.

»Oh, bitte berühren Sie nichts!«, bat Franzi. »Wir wollen nachher noch nach Spuren und Fingerabdrücken suchen.«

»Tut mir leid.« Frau Nowak kicherte nervös. »Heute tappe ich von einem Fettnäpfchen ins andere, was? Mir geht's nicht gut.« Mit einem leisen Stöhnen presste sie die Hände gegen ihre Stirn.

Kim fragte besorgt nach: »Wurden Sie verletzt? Hat der Einbrecher Sie bedroht? Setzen Sie sich doch erst mal.« Schnell zog sie einen Stuhl heran.

»Lieb von dir, danke.« Frau Nowak ließ sich erschöpft auf den Stuhl fallen. »Ich bin in Ordnung, niemand hat mich

verletzt oder bedroht. Es war Glück im Unglück, dass ich nicht im Haus war, als der Einbrecher kam.«
Kim fiel ein großer Stein vom Herzen. Aber es wunderte sie überhaupt nicht, dass die Kunstlehrerin den Einbrecher »verpasst« hatte. Alles deutete darauf hin, dass er mithilfe der Wanze den Zeitpunkt des Einbruchs genau geplant hatte.
»Dürfen wir Ihnen ein paar Fragen stellen?«, sagte Marie. »Oder brauchen Sie vorher vielleicht noch ein Glas Wasser?«
Frau Nowak schüttelte den Kopf. »Nein, danke. Es geht schon. Fangt ruhig an.«
Kim hatte bereits ihr Detektivheft herausgeholt. »Können Sie uns sagen, wann der Einbruch stattgefunden hat?«
»Es muss zwischen acht und neun Uhr gewesen sein«, sagte Frau Nowak. »Sonst bin ich um diese Zeit immer zu Hause und frühstücke. Heute war alles anders. Magdalena hat morgens plötzlich Fieber bekommen. Ich hab meine Tochter und Prinz ins Auto gepackt und bin zum Kinderarzt gefahren.«
»Haben Sie vorher den Arzt vom Wohnzimmer aus angerufen?«, hakte Franzi nach. »Hatte der Spion Gelegenheit, das Gespräch mitzuhören?«
Die Kunstlehrerin nickte schuldbewusst. »Ja, ich hab im Wohnzimmer telefoniert. Nicht mit dem Kinderarzt, der hat eine Notsprechstunde ohne Anmeldung, aber mit meinem Mann. Wie dumm von mir! Dabei habt ihr mich extra gewarnt, im Wohnzimmer keine wichtigen Dinge zu besprechen.«
»Machen Sie sich keine Vorwürfe, in einer solchen Situation hätte ich das wahrscheinlich auch vergessen.« Marie betrachtete nachdenklich die schlafende Magdalena.

»Wie geht es ihr jetzt? Hat sie immer noch Fieber?«, fragte Kim.
»Nur noch erhöhte Temperatur«, sagte Frau Nowak. »Der Arzt meint, es ist nur ein harmloser Infekt.« Sie beugte sich zur Babyschale hinunter und strich die leichte Decke glatt, unter der ihre Tochter schlief.
Marie lief im Atelier auf und ab, um sich besser konzentrieren zu können. »Würden Sie uns der Reihe nach erzählen, was dann passierte?«
Frau Nowak nickte. »Nach dem Telefonat bin ich mit Magdalena und Prinz aufgebrochen. Der Kinderarzt wohnt nicht weit weg. Wir kamen gleich dran und sind sofort wieder nach Hause zurückgefahren. Als ich die vordere Haustür aufgeschlossen habe, ist mir noch nichts aufgefallen.«
»Das Türschloss war intakt?«, unterbrach Kim.
»Ja, ich denke schon.«
Kim machte sich eine Extranotiz in ihr Heft: *Schlösser überprüfen. Vordere und hintere Haustür.* Dann hörte sie wieder aufmerksam zu.
»Ich hab Magdalena einen Tee gemacht und versucht, ihr ein bisschen Banane zu geben, aber sie hatte keinen Hunger. In ihrem Bettchen wollte sie auch nicht schlafen. Also hab ich sie in der Küche in ihre Babyschale gelegt und gewartet, bis sie eingeschlafen ist. Danach bin ich schnell hoch, um ihr eine Decke aus dem Kinderzimmer zu holen. Als ich an meinem Arbeitszimmer neben dem Atelier vorbeikam, hat mich fast der Schlag getroffen. Alles war durchwühlt: Schubladen, Regale, der Schrank! Jemand hat die Sachen rausgerissen und einfach auf den Boden geworfen.«

»Was wurde gestohlen?«, erkundigte sich Franzi.
Frau Nowak hob ratlos beide Hände. »Das ist ja das Seltsame: Es wurde nichts gestohlen! Ich hab gleich nachgesehen. Was auch total merkwürdig ist: Der Einbrecher hat nur mein Arbeitszimmer durchwühlt. Alle anderen Zimmer, auch das Atelier, sehen aus wie immer – nicht gerade ordentlich«, sie räusperte sich und wurde rot, »aber die Unordnung stammt eindeutig nur von mir.«
Franzi musste grinsen. »Ich bin auch kein Ordnungsfanatiker. Wie heißt es so schön? Nur ein Genie beherrscht das Chaos!«
Franzis Bemerkung lockerte die angespannte Stimmung kurz auf. Frau Nowak lächelte, wurde aber schnell wieder ernst. »Falls ihr jetzt wissen wollt, ob ich die Polizei einschalten werde: Nein, das werde ich nicht tun. Die würden nur müde lächeln. Es wurde nichts gestohlen und es gibt keine Einbruchspuren. Die Polizisten würden mir raten, Anzeige gegen unbekannt zu erstatten, und das war's dann. Ein völlig unbedeutender Fall, der auf irgendeinem Aktenstapel verstaubt.«
»Ich kann Sie gut verstehen«, sagte Kim.
Marie stoppte ihren Rundgang durchs Atelier. »Das Arbeitszimmer ist gleich nebenan? Können wir einen Blick reinwerfen und nach verdächtigen Spuren suchen?«
»Natürlich.« Frau Nowak stand auf und führte die drei !!! zum Tatort.
Entsetzt blieben Kim, Franzi und Marie im Türrahmen stehen. Das Arbeitszimmer sah aus, als hätte darin eine Bombe eingeschlagen. Der oder die Einbrecher waren äußerst rück-

sichtslos vorgegangen und hatten die oberste Schublade der Kommode so heftig herausgerissen, dass die Seitenwände kaputtgegangen waren.

»Da hat es aber jemand verdammt eilig gehabt«, murmelte Franzi. Sie holte die Digitalkamera des Detektivclubs aus ihrer Tasche und schoss ein paar Fotos.

»Ich lass euch dann erst mal alleine.« Frau Nowak wollte sich zurückziehen.

In dem Moment fiel Kim eine entscheidende Frage ein, die sie völlig vergessen hatte zu stellen. »Wenn es keine Einbruchspuren gab, muss der Täter einen Schlüssel gehabt haben. Wer hat alles Schüssel zum Haus?«

»Nur mein Mann und ich«, sagte Frau Nowak. »Ach ja … und unsere Reinigungsfrau natürlich, aber die arbeitet schon seit zwei Jahren bei uns. Sie ist absolut vertrauenswürdig, das müsst ihr mir glauben.« Die Kunstlehrerin bekräftigte ihren Satz mit einem überzeugten Kopfnicken.

Die Detektivinnen glaubten grundsätzlich nur an Dinge, die sie beweisen konnten, aber sie verkniffen sich einen Kommentar zur Aussage von Frau Nowak. Sie würden die Reinigungsfrau noch gründlich befragen, aber vorher mussten sie erst einmal mit einer umfassenden Spurensuche beginnen.

»Vielen Dank für alles. Wünschen Sie uns viel Glück.« Kim öffnete den Detektivrucksack und holte drei Paar dünne Gummihandschuhe heraus. »Ach, eine Bitte habe ich noch: Könnten wir von Ihnen Fingerabdrücke nehmen?«

Frau Nowak sah Kim irritiert an. »Warum das denn? Ach so! Jetzt verstehe ich. Damit ihr meine Abdrücke beim Vergleichen ausschließen könnt, oder?«

»Exakt.« Marie lächelte. Dann assistierte sie Kim bei der Arbeit. Kurz darauf prangten fünf perfekte Fingerabdrücke in Kims harmlos aussehendem Adressbuch, das in Wirklichkeit eine professionelle Fingerabdruckkartei war.
Franzi gab Frau Nowak ein Papiertaschentuch, damit sie sich die Farbe abwischen konnte.
»Also dann, wenn ihr mich nicht mehr braucht …« Frau Nowak nahm vorsichtig die Babyschale hoch. In dem Moment öffnete Magdalena die Augen und fing an zu weinen. »Ist ja gut, schhh …«, beruhigte Frau Nowak ihre Tochter. »Mama ist ja da. Komm, wir gehen in die Küche. Da wartet eine gaaanz leckere Banane auf dich.« Die Kunstlehrerin verschwand mit der jetzt laut brüllenden Magdalena.
»Puh!« Marie machte hinter den beiden die Tür zu und atmete erleichtert auf, als das Babyschreien nicht mehr zu hören war. »Dieser Fall zerrt echt an meinen Nerven. Geht es euch auch so?« Sie wartete die Antwort ihrer Freundinnen nicht ab, sondern schnappte sich ein Paar Gummihandschuhe und zog sie an. »So, jetzt können wir in Ruhe nach Spuren suchen.«
Wie gewohnt teilten sie das Zimmer in drei Bereiche auf. Dann machte sich jede mit einer Lupe an die Arbeit. Kim nahm sich zuerst den Schrank vor. Mit einer Taschenlampe leuchtete sie ihn von innen aus. Der Schrank war voller Puppen und Stofftiere. Alle sahen gebraucht aus: Die Kleider der Puppen waren schmutzig, einem Teddy fehlte ein Ohr, eine Giraffe hatte nur noch ein Bein. Hatten die Einbrecher die Stofftiere vor lauter Wut so zugerichtet? Kim konnte es sich schwer vorstellen. Sehr viel wahrscheinlicher war es, dass

Frau Nowak die Puppen und Stofftiere auf Flohmärkten gekauft hatte, um sie für ihre künstlerische Arbeit zu verwenden.
Kim konzentrierte sich deshalb auf die Schranktür. Vorsichtig bepinselte sie die Tür innen und außen mit Rußpulver, zog mehrere Spezialpapiere ab und fand das, was sie nicht finden wollte: alles Abdrücke von Frau Nowak, wie sie nach einem Abgleich mit der Lupe feststellen musste.
Enttäuscht ging sie zu Marie hinüber, die auf dem Boden saß und sich über die Kommode beugte. »Wie sieht's bei dir aus?«
Marie hielt ihr eine Pinzette entgegen. »Ein graubraunes Hundehaar, vermutlich von Prinz. Hab ich in der obersten Schublade gefunden. Der Hund ist bestimmt oft im Arbeitszimmer bei seinem Frauchen. Ansonsten leider Fehlanzeige.«
Kim seufzte. »Heb das Hundehaar trotzdem auf, nur zur Vollständigkeit.« Sie gab Marie ein durchsichtiges Plastiktütchen und ging weiter zu Franzi, die einen Stapel Papiere in der Hand hielt.
»Rechnungen, Kontoauszüge, Bürokram, nichts Aufregendes«, berichtete Franzi. »Keine Erpresserbriefe, keine hohen Summen oder Schulden auf den Kontoauszügen. Keine verdächtigen Fingerabdrücke. Ich fürchte, wir werden hier nichts finden.«
Marie stand auf und klopfte sich den Staub von ihrer Hose. »Das fürchte ich leider auch. Der oder die Täter haben Handschuhe getragen.«
»Profis, genau wie ich dachte …«, murmelte Kim. Sie hatte kein gutes Gefühl im Magen, wenn sie diesen Tatort betrachtete. Die Täter waren dieses Mal erfolglos geblieben,

aber sie würden garantiert wiederkommen, sonst hätten sie nicht die aufwendige Abhöranlage im Wohnzimmer installiert.
»Dann sind wir hier also fertig.« Franzi legte die Papiere zurück ins Regal. »Was kommt als Nächstes dran? Sollen wir uns die Türschlösser ansehen?«
»Das kann ich gerne machen.« Maries Augen glänzten erwartungsvoll. Schlösser waren ihr Spezialgebiet. Bei früheren Fällen hatte sie schon mehrfach mit ihren Profitricks verschlossene Türen geöffnet.
Kims ungutes Gefühl verstärkte sich. Es gab etwas, das noch wichtiger war als die Schlösser. »Ich finde, wir sollten uns um die Wanze kümmern. Es ist viel zu gefährlich, wenn sie im Wohnzimmer bleibt. Am besten schnappen wir uns die Pralinenkiste und werfen sie samt Wanze in den Müll.«
Franzi kicherte. »Au ja! Dann kennen sich die Spione gar nicht mehr aus. Die einzigen Gespräche, die sie dann noch abhören können, sind die Unterhaltungen zwischen zwei Mäusen in der Mülltonne.«
»Sehr witzig!« Marie zog ihre linke Augenbraue hoch. »Ich sehe das anders mit der Wanze …«
Kim ahnte, was jetzt wieder kommen würde, aber bevor sie sich mit Marie erneut über das leidige Thema auseinandersetzen konnte, klopfte es zaghaft an der Tür.
»Sie können gern reinkommen, Frau Nowak«, sagte Franzi, die sich wunderte, warum Frau Nowak auf einmal so schüchtern war.
Der Kopf einer verängstigten Frau erschien im Türrahmen, aber es war nicht die Kunstlehrerin.

Die Spur führt nach B.

»Dann erzählen Sie mal. Sie wollen doch etwas loswerden, nicht wahr?« Kim betrachtete die fremde Frau, die vor den Detektivinnen auf einem Stuhl saß. Sie war ca. 1,50 Meter groß, 60 Jahre alt, schlank, hatte dunkle Haare, streng zu einem Dutt zusammengefasst, viele Falten im Gesicht, abgearbeitete Hände und trug eine gelbe Kittelschürze.
»Das stimmt, ja … Frau Nowak hat mir von dem Einbruch erzählt und dass ihr Detektivinnen seid. Ich … also …« Die Frau musste husten. »Ich bin Frau Scholz. Ich mache sauber bei den Nowaks.« Ihre Augen wanderten unruhig zur Tür und wieder zurück zu den drei !!!. »Gestern Nachmittag – Frau Nowak war nicht da – haben zwei Heizungsableser geklingelt. Ich hab sie reingelassen.«
»Was???«, rutschte es Kim heraus. »Wie konnten Sie das tun?« Als sie Frau Scholz' panischen Gesichtsausdruck sah, bereute sie es sofort wieder, sie unterbrochen zu haben. »Entschuldigen Sie bitte, reden Sie weiter!«
Die Reinigungsfrau sah Kim, Franzi und Marie flehend an. »Bitte, ihr dürft es nicht verraten! Frau Nowak darf nichts erfahren, sonst … sonst verliere ich meinen Job!«
Kim, Franzi und Marie versicherten, dass sie als Detektivinnen an die Schweigepflicht gebunden waren und sich streng daran halten würden.
Zögernd rückte Frau Scholz mit weiteren Informationen heraus. Normalerweise würde sie keine fremden Leute ins Haus lassen, unter keinen Umständen. Aber dieses Mal hätte sie

sich nichts dabei gedacht, weil die Heizungsableser ganz professionell aufgetreten und sehr freundlich gewesen seien.
»Wie haben sie ausgesehen?«, hakte Marie nach.
Frau Scholz musste wieder husten. Es klang nach einer hartnäckigen Bronchitis, die sie nicht richtig auskuriert hatte. »Da war ein junger Mann und ein älterer. Der junge war höchstens 17 oder 18 Jahre alt.«
Kim machte sich Notizen in ihrem Detektivheft. Auch die weiteren Details, die Frau Scholz nannte – blaue Arbeitskittel bei beiden Männern und schwarze Kappen –, stimmten mit dem überein, was sie bisher an Informationen hatten.
»Was haben die Heizungsableser zu Ihnen gesagt?«, erkundigte sich Franzi.
»Dass sie einen Messwert nachtragen müssen, der bei der letzten Heizungsablesung vergessen wurde.«
Kim erinnerte sich an die Zeitungsmeldung der Polizei. Auch dieser Punkt passte exakt ins Bild.
Frau Scholz hob entschuldigend beide Hände. »Ich hab mir immer noch nichts dabei gedacht. Ich hab ihnen den Weg zum Heizungskeller gezeigt und bin wieder zurück in den Flur, um dort weiterzuputzen.«
Bis hierher ergab die Erzählung der Reinigungsfrau durchaus einen Sinn, aber es gab einen Punkt, den Kim nicht verstand: Die Betrüger hätten gestern genug Gelegenheit gehabt, um Wertgegenstände mitgehen zu lassen, was sie jedoch nicht getan hatten. Stattdessen waren sie am nächsten Morgen noch einmal gekommen. Warum?
»Wie lange waren die Männer im Heizungskeller?«, hakte Kim nach.

»Gar nicht«, sagte Frau Scholz zur Überraschung der Detektivinnen. »Sie sind schon auf der Treppe stehen geblieben, weil das Handy des einen geklingelt hat. Ich hab die Stimme des älteren Mannes gehört. Er hat, glaube ich, gesagt: ›Alles klar, Chef. Rückzug nach B.‹«

»Rückzug nach B?« Marie runzelte die Stirn. »Sind Sie sicher? Hat er nicht gesagt, nach Berlin oder so?«

»Nein.« Frau Scholz ließ sich durch die Zwischenfrage nicht verwirren. »Es war eine Abkürzung: B. Tja, und dann hatten es die Männer sehr eilig. Sie sind die Treppe wieder hochgerannt und abgehauen – ohne sich zu verabschieden oder zu sagen, wann sie wiederkommen. Da wusste ich, es kann was nicht stimmen. Ich hab einen Riesenfehler gemacht! Ich bin schuld an dem Einbruch. Das verzeihe ich mir nie!« Sie stöhnte auf und musste wieder schrecklich husten.

Franzi wartete, bis der Hustenanfall vorbei war. Dann sagte sie ruhig: »Machen Sie sich keine Vorwürfe. Andere Leute sind auch auf die Betrüger hereingefallen. Ja, es handelt sich nämlich um eine professionelle Bande, die sich seit einiger Zeit im Ostviertel herumtreibt. Wir versuchen sie zu überführen und Sie haben uns unserem Ziel ein großes Stück näher gebracht. Vielen Dank!«

»Nichts zu danken!« Frau Scholz stand hastig auf. »Aber jetzt muss ich wieder an die Arbeit, sonst wird Frau Nowak misstrauisch. Und bitte denkt dran: Nichts verraten!«

Kim legte den Zeigefinger an die Lippen. »Kein Sterbenswort!«

Kaum war die Reinigungsfrau zur Tür raus, rieb Marie sich die Hände. »Endlich kommt Tempo in den Fall! Wir müssen uns unbedingt die Treppe ansehen, die in den Heizungskeller führt.«

»Das übernehmen Franzi und ich«, schlug Kim vor, während sie schnell die Detektivwerkzeuge im Rucksack verstaute. Nur die Taschenlampe steckte sie in ihre Hosentasche. »Du kannst inzwischen die Türschlösser überprüfen. Wir treffen uns danach in der Küche wieder. Okay?«

»Okay!«, sagten Marie und Franzi gleichzeitig.

Kim und Franzi standen am oberen Ende der Kellertreppe. Die funzelige Glühlampe an der Decke flackerte und warf die Schatten der Mädchen doppelt so groß an die Wand. Kims Taschenlampe brachte kaum zusätzliches Licht. Es war kalt und feucht. Kim fröstelte unter ihrem dicken Wollpulli und spürte, wie sich die kleinen Härchen auf ihren Armen aufrichteten. »Wir hätten Frau Nowak lieber fragen sollen, ob es hier wirklich zum Heizungskeller geht«, flüsterte sie.

»Es ist die richtige Treppe, vertrau mir«, flüsterte Franzi zurück. »Es riecht genauso wie bei uns zu Hause. Das ist Öl – Heizöl. Und wir können übrigens ruhig laut reden. Es ist niemand hier.« Franzi lachte. Es klang schaurig.

Kim umschloss die Taschenlampe fester. »Klar, du hast recht«, sagte sie.

Es gab keine akute Gefahr, keine Bedrohung, vor der sie sich fürchten musste. Trotzdem hasste sie es, sich in engen, geschlossenen Räumen aufzuhalten. Daran hatten auch viele erfolgreich gelöste Fälle, in denen sie sich ähnlichen Situationen gestellt hatte, nichts ändern können.

Kim gab sich einen Ruck und ging voraus. Vorsichtig setzte

sie einen Fuß vor den anderen und leuchtete dabei mit ihrer Taschenlampe auf die Kellertreppe. Die Stufen waren ausgetreten und sandig. Hier hatte schon länger niemand mehr gefegt.
»Siehst du was?«, fragte Franzi hinter ihr.
»Bis jetzt nur Spinnweben«, gab Kim zurück. Dann holte sie tief Luft, ignorierte das unruhige Pochen ihres Herzens und konzentrierte sich wieder auf die Treppe.
Nur noch drei Stufen, dann hatte sie es geschafft. Kim konnte vor sich einen schmalen Gang erkennen. Auf einmal drang dumpfes Wummern an ihre Ohren. Das musste die Heizung sein, die irgendwo in dem Gang in einer Nische oder einem Extraraum untergebracht war. Kim drehte sich um und wartete, bis Franzi neben ihr angekommen war. Zu zweit starrten sie die Treppe hinauf. Inzwischen hatten sich ihre Augen an das dämmrige Licht gewöhnt.
Plötzlich rief Franzi aufgeregt: »Da liegt was, auf der untersten Stufe!« Sie hechtete zurück und in dem Moment, als sie sich bückte, sah Kim es auch: ein Blatt Papier. Franzi trug noch ihre dünnen Gummihandschuhe. Sie hob das Papier auf und brachte es zu Kim. »Leuchte mal mit der Taschenlampe drauf. Ja, so ist es gut.«
Das Blatt war ziemlich zerknittert. Franzi strich es sorgfältig glatt und Kim las halblaut den Text vor, der in Druckschrift draufstand.

Reservierungsbestätigung
Vielen Dank für Ihre telefonische Anfrage. Hiermit bestätigen wir Ihnen die einwöchige Buchung unserer Ferienwohnung

Sonnenschein. Schlüsselübergabe wie besprochen. Der vereinbarte Preis enthält Brötchenservice und Endreinigung.
Wir wünschen Ihnen eine gute Anreise und einen angenehmen Aufenthalt in Billershausen.
Mit freundlichen Grüßen!
Ihr Sonnenschein-Team

Kim sog hörbar die Luft ein. »Den Zettel muss einer der Betrüger beim überstürzten Aufbruch verloren haben. Pech für ihn …«
»… und Glück für uns!«, freute sich Franzi. »Ich glaube, ich weiß, wo wir den Rest des Tages verbringen werden. Wir werden einen kleinen Ausflug nach Billershausen machen!«
»Nichts wie los!«, rief Kim. »Ich muss sofort raus aus diesem stickigen Keller.« Sie hastete die Treppe hoch, riss die Tür auf und wäre beinahe über Marie gestolpert.
»Hey! Immer schön langsam!« Marie stutzte und musterte Kims blasses Gesicht. »Was ist los? Was ist mit deiner Stirn passiert? Du siehst aus, als ob du im Keller mit einem Vampir geboxt hättest.«
»Fehlanzeige.« Kim knipste ihre Taschenlampe aus. »Die Beule stammt von meinen Brüdern. Sie haben meine Stirn mit einem Tor verwechselt. Und im Keller gab es keine Vampire, die machen alle gerade Winterschlaf. Aber Franzi und ich haben ein tolles Indiz gefunden.«
»Hier, lies!« Franzi streckte Marie den Zettel hin.
Nachdem Marie den Text überflogen hatte, fing sie an zu strahlen. »Die Betrüger wohnen in Billershausen? Das ist ja super! Dann kann ich Holger besuchen.«

Kim war baff. Das war wieder mal typisch Marie, dass sie zuerst an Holger statt an die Ermittlungen dachte. »Erst die Arbeit, dann das Vergnügen«, mahnte Kim. »Und apropos Arbeit: Was hat deine Prüfung der Schlösser ergeben?«
Marie verdrehte die Augen. »Das wollte ich gerade erzählen, als du mich beinahe über den Haufen gerannt hättest. Also: Die vordere Haustür war unauffällig. Keine verdächtigen Spuren oder Fingerabdrücke, keine Gewalteinwirkung. Die hintere Eingangstür hat unten eine Hundeklappe für Prinz und jede Menge Kratzspuren, aber die stammen vermutlich alle von Prinz. Ob der Einbrecher zusätzliche Kratzspuren hinterlassen hat, lässt sich schwer feststellen. Das können wir vergessen.«
»Es gibt also keine Hinweise auf einen gewaltsamen Einbruch«, fasste Franzi die Sachlage zusammen. »Das heißt, die Betrüger müssen sich einen Schlüssel beschafft haben. Wie sie das angestellt haben, werden wir sicher noch rausfinden.«
Kim schulterte ihren Detektivrucksack, den sie neben der Kellertür abgestellt hatte, und steuerte auf die Küche zu. »Wir dürfen keine Zeit verlieren. Kommt!«

Detektivtagebuch von Kim Jülich
Dienstag, 14:08 Uhr
Ich hoffe, ich kann meinen handschriftlichen Eintrag hinterher noch lesen und in mein Computer-Tagebuch übertragen. Wenn nicht, liegt es am Busfahrer, der uns gerade in einem Irrsinnstempo nach Billershausen fährt. Er gehört zu der Sorte, die eine Karriere als Formel-1-Fahrer nur knapp verpasst haben.

Eigentlich ist es ein großes Wunder, dass ich überhaupt mit Franzi und Marie hier im Bus sitze. Für dieses große Wunder mussten mehrere kleine Wunder passieren:

1. *Frau Nowak hat sofort verstanden, dass wir jetzt erst mal in Billershausen ermitteln. Und sie wollte unbedingt, dass die Wanze in der Pralinenkiste bleibt, damit wir die Täter nicht warnen, sondern sie auf frischer Tat ertappen können. Offensichtlich sind sie jetzt ja nicht mehr in der Stadt, also kann sich Frau Nowak in ihrem Haus sicher fühlen. Trotzdem finde ich, dass sie echt mutig ist.*
2. *Franzis Oma hat uns angeboten, dass wir bei ihr in Billershausen übernachten können, falls es heute spät werden oder sich die Ermittlungen bis morgen hinziehen sollten. Oma Lotti ist die Beste!*
3. *Meine Mutter ist zurzeit so sehr mit ihren frechen Söhnen beschäftigt, dass sie ihrer vorbildlichen Tochter den Ausflug sofort erlaubt hat. Vielen Dank, Ben und Lukas!*

Trotz all dieser Wunder bin ich nervös. Wir wissen nicht, was uns in Billershausen erwartet, und vor allem wissen wir nicht, wo wir überhaupt hinsollen. Marie hat die Ferienwohnung Sonnenschein nämlich leider nicht im Internet gefunden. Wahrscheinlich wird die Wohnung von einer Privatperson vermietet. Oder der Besitzer hat sich auf Gäste mit Vorstrafenregister spezialisiert und möchte keine Werbung machen. Deshalb hat er auch seine Telefonnummer aus dem öffentlichen Telefonbuch streichen lassen.

Wie auch immer, wir werden es schaffen, die Adresse herauszufinden. Schließlich kennen wir ein paar Leute in Billershausen. Hoffentlich helfen die uns weiter!

Geheimes Tagebuch von Kim Jülich
Dienstag, 14:25 Uhr
Warnung an alle Einwohner und Gäste von Billershausen: Dieses Tagebuch ist ein äußerst gefährliches Schriftstück. Wer es liest, muss den Rest seines Lebens in der stillgelegten Zuckerrübenfabrik verbringen, mit ein paar netten Ratten als Gesellschaft. Na, immer noch so scharf auf mein Tagebuch?
Ich hab es mir so fest vorgenommen und jetzt wird wieder nichts aus meinen Schreibübungen! Aber unser aktueller Fall geht vor! Und das Schreiben läuft mir ja nicht weg.
Michi läuft mir auch nicht weg (das hat er mir in seiner fünften Abschieds-SMS fest versprochen!). Er ist so toll. Er war überhaupt nicht eifersüchtig, als ich ihm kurz von unserem neuen Fall berichtet habe. Und er versteht es total, dass ich jetzt leider keine Zeit für ihn habe. Ich hab ihm übrigens gleichzeitig hoch und heilig versprochen, dass sich das bald wieder ändern wird. Sehr bald schon, wenn wir ins Konzert der Crazy Underdogs *gehen werden – wovon er nichts ahnt! Die Konzertkarten waren ganz schön teuer, aber die Belohnung hat sich Michi mehr als verdient. Ich will ihn überraschen und überlege noch, wie ich es am besten mache. Soll ich ihm sagen, dass er sich an dem Abend ab 19:30 Uhr nichts vornehmen darf? Oder verrate ich mit der Uhrzeit schon zu viel? Ich könnte ihn auch ganz unauffällig zur Happy Hour ins* Café Lomo *einladen. Die ist um 17 Uhr, da wird er sich nicht groß was dabei denken. Dann kann ich die Überraschung lüften, wenn wir im Café sitzen. Das ist genial. So werde ich es machen!*
Ich freu mich wahnsinnig auf das Konzert. Auf die Crazy Underdogs. *Und auf einen wunderschönen Abend mit Michi.*

Eiskalt erwischt!

»Hurra, wir leben noch!«, rief Franzi und rieb sich ihren linken Ellbogen, den sie sich während der rasanten Busfahrt am Fenster angestoßen hatte.
»Aber nur weil wir drei Schutzengel dabeihatten.« Marie machte im richtigen Augenblick einen Hechtsprung zur Seite. Einen halben Meter neben ihr spritzte eine Schneematsch-Fontäne auf den Gehsteig. Der Busfahrer brauste nach einem scharfen Wendemanöver über das Kopfsteinpflaster davon.
Die drei !!! sahen sich auf dem Dorfplatz um. Am Nachmittag lag Billershausen wie ausgestorben da. Kim warf einen Blick auf ihre Armbanduhr. Sie zeigte 15:03 an. Die Glocken der kleinen Kirche mit dem spitzen Turm hatten es nicht eilig. Sie läuteten jetzt erst die volle Stunde ein. »Also dann«, sagte Kim, »was haltet ihr davon, wenn wir als Erstes zum Dorfkrug gehen? Da sind bestimmt ein paar Leute, die wir nach der Ferienwohnung fragen können.«
Marie zog sich ihre blauen Kaschmirhandschuhe über. »Gute Idee.«
Die Detektivinnen stapften los. In Billershausen war es mindestens zwei Grad kälter als in der Stadt, die man sofort empfindlich spürte. Zum Glück mussten sie nur ein paar Schritte zu einem großen Fachwerkhaus neben der Kirche gehen.
Marie blieb vor dem Eingang stehen. »Ich fürchte, hier trinkt niemand mehr sein Bier.«
»So ein Mist!«, ärgerte sich Kim.

Über dem Eingang prangten zwar noch die verschlungenen Buchstaben »Dorfkrug«, aber die Tür war mit einem dicken Balken verrammelt. Auch die kleinen Sprossenfenster hatte man mit Holzlatten gesichert.
»Tut mir leid, das hätte ich euch gleich sagen können.« Franzi stellte sich auf die Zehenspitzen und spähte in die düstere Gaststube hinein. »Der Dorfkrug ist schon seit einiger Zeit geschlossen. Otto Keppler hat die Kneipe dichtgemacht und ist mit seiner Tochter Pia weggezogen.«
Jetzt erinnerte sich auch Kim wieder. »Stimmt, Holger hat damals erzählt, dass die beiden irgendwo anders neu anfangen wollen.« Sie stampfte mit den Stiefeln auf, um ihre kalten Füße aufzuwärmen. Es bewirkte nicht wirklich etwas.
»Dann gehen wir eben zum Dorfladen und fragen Holgers Mutter«, schlug Marie vor.
Franzi schlang sich den Schal enger um den Hals. »Nichts wie los!«
Sie wollten gerade aufbrechen, als die Kirchentür aufging und eine ältere Frau herauskam. Misstrauisch kniff sie die Augen zusammen. »Ihr wart doch schon mal in Billershausen! Wer seid ihr gleich wieder?«
Zuerst war sich Kim nicht sicher gewesen, aber an die unangenehm keifende Stimme erinnerte sie sich nur zu gut. Vor ihnen stand Waltraut Seifert, die größte Klatschtante von Billershausen.
»Hallo, Frau Seifert«, begrüßte Kim die Frau extra freundlich. »Ich bin Kim und das sind meine Freundinnen Franzi und Marie. Franzi ist die Enkelin von Lotti Winkler.«
Das verkniffene Gesicht der Frau bekam einen triumphie-

renden Ausdruck. »Wusste ich's doch! Und, was macht ihr hier?« Die Neugier sprang ihr förmlich aus den Augen.
»Wir besuchen meine Oma«, sagte Franzi und fügte beiläufig hinzu: »Bei der Gelegenheit wollten wir uns nach einer Ferienwohnung für die Osterferien umschauen. Da werden meine Eltern und mein Bruder auch nach Billershausen kommen, aber bei meiner Oma wird es dann zu eng.«
»Hm, verstehe …« Frau Seifert nestelte an ihrem Einkaufsnetz, das sie zusammen mit einem schwarzen Schirm krampfhaft festhielt, als ob jeden Moment ein Dieb es ihr wegnehmen würde. »Urlaub in Billershausen, aha! Könnte mir schönere Orte vorstellen, wenn man mich um Rat fragen würde, aber mich fragt ja keiner.«
Marie musste sich anstrengen, um sich nicht von der negativen Energie der Frau anstecken zu lassen. Normalerweise gab sie sich mit solchen Leuten gar nicht erst ab, aber Frau Seifert konnte ihnen tatsächlich nützlich sein. »Die Ferienwohnung Sonnenschein soll ganz gut sein. Können Sie die empfehlen?«, fragte sie.
Frau Seifert wurde unruhig. »Ferienwohnung Sonnenschein? Muss neu sein. Kenne ich nicht, aber ich glaube, Helga Kurz hat die mal erwähnt.«
»Vielen Dank für die Auskunft. Sie wollen nicht zufällig auch in den Dorfladen?« Kim bot Frau Seifert fürsorglich den Arm an. »Wir begleiten Sie gerne. Die Wege sind heute so schrecklich rutschig.«
»Oh … na schön, wenn du meinst, dass ich schon so alt und gebrechlich bin.« Frau Seifert rang sich ein sparsames Lächeln ab. »Gehen wir!«

Schon nach ein paar Schritten wurde Kim klar, dass Frau Seifert eine Topkondition hatte. *Sie* war es, die Kim führte oder besser gesagt hinter sich herzog, und nicht umgekehrt.
Der Dorfladen hatte sich seit dem letzten Besuch der drei !!! kaum verändert. Er war höchstens noch vollgestopfter und die Waren in den Regalen noch ein wenig verstaubter. Die Detektivinnen und Frau Seifert waren die einzigen Kunden. Mit ihrem Eintritt schienen sie den Laden aus seinem Dornröschenschlaf zu wecken.
Frau Seifert stellte ihren Schirm ab und redete wie ein Wasserfall auf die Besitzerin ein: »Hallo, Frau Kurz, dieser Winter bringt mich noch um, mein Rheuma ist heute wieder ganz schlimm, ich brauche dringend eins von Ihren Kirschkernsäckchen. Wo haben Sie die noch gleich?«
»Die sind da drüben.« Helga Kurz ging zu einem überquellenden Regal an der Wand, in dem sich diverse Produkte gegen Rheuma stapelten.
Frau Seifert war fürs Erste beschäftigt und Marie konnte Holgers Mutter begrüßen. Kim blieb mit Franzi im Hintergrund stehen.
»Ach, hallo, Marie«, sagte Frau Kurz müde. Auf Franzis Frage, wie es ihr gehe, antwortete sie mit einem tiefen Seufzer: »Nicht gut. Ihr seht ja, der Laden ist leer. Ich werde ihn nicht halten können. Wahrscheinlich werde ich zum Monatsende schließen müssen.«
Marie biss sich auf die Unterlippe. »Das tut mir sehr leid.« Ein peinliches Schweigen breitete sich aus, das von Frau Seiferts missmutigen Selbstgesprächen untermalt wurde. Marie versuchte, die düstere Stimmung aufzulockern. »Aber Maike

und Paul geht es gut? Und Ihrem Mann auch?« Holger hatte noch zwei kleinere Geschwister. Die Zwillinge Maike und Paul waren erst sechs Jahre alt.
Frau Kurz sah Marie mit tieftraurigen Augen an. »Maike und Paul sind in den Winterferien bei meiner Schwester. Sie lassen sich nichts anmerken, sind frech wie immer – aber die Sache mit meinem Mann ist natürlich nicht spurlos an ihnen vorübergegangen.«
Marie wurde hellhörig. »Mit Ihrem Mann?«
»Ja, Bernd und ich haben uns getrennt«, erzählte Frau Kurz. »Ich dachte, du wüsstest das längst von Holger. Wir wollen uns scheiden lassen. Die ständigen Geldsorgen haben unsere Ehe zerrüttet. Nur wegen Paul und Maike haben wir die Scheidung bisher hinausgeschoben.«
Marie schüttelte den Kopf. »Nein, das wusste ich nicht, Holger hat nichts gesagt.«
Kim legte die Hand auf Maries Schulter. Sie las in ihrer Freundin wie in einem offenen Buch. Nach außen versuchte Marie, sich nichts anmerken zu lassen, aber in ihrem Innern war sie bestimmt tief geschockt. Kim ahnte, welche Fragen ihr jetzt durch den Kopf schossen: Warum hatte Holger ihr die Trennung seiner Eltern verschwiegen? Sonst hatten sie doch auch keine Geheimnisse voreinander. Vertraute er ihr etwa nicht? Oder war er selber zu erschüttert und schaffte es deshalb nicht, darüber zu reden?
»Ich glaube, ich nehme doch kein Kirschkernsäckchen«, verkündete Frau Seifert, die ihre ausgiebige Recherche beendet hatte. »Die Säckchen sind mir zu teuer. Da mache ich mir lieber eine Wärmflasche, die tut es auch.«

»Wie Sie meinen. Es ist Ihre Entscheidung.« Frau Kurz zuckte resigniert mit den Schultern und begleitete Frau Seifert zur Tür, um ihr den Schirm zu geben.
Marie nutzte die Gelegenheit, zog ihr Handy aus der Hosentasche und verfasste blitzschnell eine SMS. Pling! Die Antwort kam wenige Sekunden später zurück.
»Holger will sich mit mir treffen«, flüsterte Marie Kim und Franzi zu. »Aber er ist leider gerade in der Stadt und weiß noch nicht, ob er heute noch nach Billershausen zurückkommt.«
»Wer kommt heute noch nach Billershausen?«, mischte sich Frau Seifert ein. Die Klatschtante hatte offensichtlich Elefantenohren.
»Niemand«, murmelte Marie und ließ ihr Handy wieder in der Hosentasche verschwinden.
Frau Seifert blieb mit dem Schirm in der Hand wie festgewachsen in der Tür stehen. »Die Mädchen haben mich übrigens nach der Ferienwohnung Sonnenschein gefragt. Haben Sie schon mal was von der gehört?«
»Ja, die kenne ich. Hat erst Ende letzten Jahres aufgemacht.« Frau Kurz nahm einen Orientierungsplan vom Tisch neben der Kasse und tippte auf eine Straße am Ortsrand von Billershausen. »Seht ihr? Die Ferienwohnung liegt hier. Wollt ihr sie buchen?«
Franzi musste nur einen kurzen Blick auf den Plan werfen und schon hatte sie sich den Weg eingeprägt. »Ja, vielleicht für die nächsten Osterferien. Vielen Dank, Frau Kurz. Sie haben uns sehr geholfen.«
»Alles Gute«, wünschte Marie. Man merkte ihr das schlechte

Gewissen an, dass sie Holgers Mutter nicht mehr Zeit schenkte.
Die drei !!! quetschten sich an Frau Seifert vorbei und traten hinaus in die kalte Winterluft. »Mir nach!«, sagte Franzi.
Nach zehn Minuten Fußmarsch durchs Dorf erreichten sie den Waldrand. Dort waren einige Neubauten errichtet worden. Vor dem letzten Haus einer noch nicht geteerten Straße blieb Franzi stehen. »Das müsste es sein.«
Marie musterte verblüfft das zweistöckige graue Gebäude mit den eckigen Betonbalkonen. Die Dämmerung setzte gerade ein und mit dem wolkenverhangenen Himmel wirkte das Haus noch düsterer. »Sonnenschein … Das soll wohl ein Witz sein!«
»Nicht so laut!«, mahnte Kim, die eben entdeckt hatte, dass im Erdgeschoss Licht brannte. Auf dem Klingelschild stand neben EG »Büro«. Im ersten Stock war hinter den Fenstern alles dunkel. Daraus schloss Kim, dass die Betrüger-Bande nicht da war. Trotzdem mussten sie vorsichtig sein.
Franzi sah das anders und stapfte einfach auf das Gartentor zu. »Ich klingele jetzt im Büro und sage wieder mein Sprüchlein auf.« Bevor Kim und Marie reagieren konnten, hatte sie bereits auf den weißen Klingelknopf gedrückt.
Eine junge Frau im schwarzen Hosenanzug machte auf. »Ja, bitte?«
»Wir interessieren uns für Ihre Ferienwohnung«, redete Franzi munter drauflos. »Meine Oma wohnt in Billershausen und meine Eltern wollen mit mir und meinen Freundinnen in den Osterferien herkommen.«
»Eine sehr gute Idee!« Die Vermieterin hatte anscheinend

noch nicht viele Gäste gehabt und freute sich riesig. »Ich würde euch die Wohnung sehr gerne zeigen, aber sie ist momentan leider belegt. Ich will da nicht einfach reingehen, auch wenn die Mieter gerade unterwegs sind.« Sie lächelte entschuldigend.

Marie lächelte zurück. »Natürlich, das verstehen wir. Wann kommen Ihre Mieter denn zurück? Vielleicht können wir sie dann fragen, ob wir uns die Wohnung kurz ansehen dürfen.«

»Oh … das kann dauern«, antwortete die Vermieterin ausweichend. Sie sah die Detektivinnen besorgt an. »Ihr solltet lieber ein anderes Mal wiederkommen, wenn die Wohnung frei ist. Übermorgen zum Beispiel. Jetzt geht lieber nach Hause zu eurer Oma. Es wird schon dunkel.«

Kim ärgerte sich. Langsam war sie es leid, ständig wie ein kleines Kind behandelt zu werden. Andererseits war es eine gute Tarnung. »Ja, Sie haben recht. Wir müssen nach Hause.« Kim legte einen extra ängstlichen Ton in ihre Stimme. »Sonst schimpft Oma.«

Franzi runzelte die Stirn, bis sie begriff, dass Kim nur eine Rolle spielte. »Ja, genau. Oma kann schrecklich wütend werden. Sie hasst es, wenn wir zu spät zum Kuchenessen kommen. Auf Wiedersehen!« Franzi zwinkerte Marie zu. Dann rannten die drei !!! schnell davon.

Sie rannten nicht weit, nur die kurze Strecke bis zum nächsten Grundstück. Dort versteckten sie sich hinter einem Schuppen.

»Und was jetzt?«, zischte Marie.

»Ist doch klar. Wir warten, bis die Täter zurückkommen«, sagte Kim.

»Oder bis wir erfrieren!« Marie schlang die Arme um ihren Oberkörper. Sie trug heute eine gesteppte Winterjacke, aber trotz Daunenfüllung bibberte sie jetzt schon.
Franzi zog triumphierend zwei kleine Päckchen aus ihrer Jackentasche. »Hier kommt die Rettung: Hand- und Bodywärmer!«
»Wo hast du die denn jetzt her?« Kim war immer wieder überrascht über die neuen, tollen Detektivausrüstungs-Gegenstände, die Franzi entweder selbst bastelte oder in Internetshops aufstöberte.
»Ach, die gab es irgendwo ganz günstig.« Franzi riss ein Päckchen auf. »Das sind Thermopads. Die sind unter anderem mit Eisenpulver gefüllt. Wenn du sie öffnest, kann durch die Poren des Beutels Sauerstoff eindringen und das Eisenpulver erwärmt sich. Das Tolle dabei ist: Die Wärme hält zwölf Stunden lang.«
Marie trat ungeduldig von einem Bein aufs andere. »Gib her und erspar uns die Vorträge!«
»Vielen Dank, Franzi, das ist sehr nett von dir«, freute sich Kim. Franzi war eingeschnappt und versorgte erst Kim und sich mit den Thermopads, bevor sie Marie welche gab.
Die Detektivinnen schoben sich die Pads unter die Handschuhe und Pullis. Kurz darauf spürten sie, wie sich wohlige Wärme in ihren Körpern ausbreitete. Die drei !!! machten es sich, so gut es ging, hinter dem Schuppen bequem. Wenigstens gab es einen Stapel mit gehacktem Holz, auf den sie sich setzen konnten.
Kim überlegte, wie sie sich die Wartezeit verkürzen konnte. Sie schrieb drei sehnsüchtige SMS an Michi und bereitete

eine SMS an Kommissar Peters vor. Die musste sie dann nur noch losschicken, sobald es ernst wurde.
Dunkelheit senkte sich über Billershausen. Im Neubaugebiet gab es noch keine Laternen. Es wurde kalt. Noch kälter. Kim spürte die Thermopads kaum noch.
Um 16:53 Uhr hörten sie endlich Motorengeräusche. Zwei Scheinwerfer durchbrachen die Dunkelheit.
Marie richtete sich kerzengerade auf und flüsterte: »Sie kommen!«

Fall gelöst, oder?

Ein weißer Lieferwagen parkte vor der Ferienwohnung Sonnenschein. Solange das Standlicht brannte, gelang es Kim, das Kennzeichen zu entziffern. Es gab keinen Zweifel: Es handelte sich tatsächlich um den Lieferwagen, der so verdächtig um das Haus der Nowaks gekurvt war! Drei Männer stiegen aus. Kim konnte erkennen, dass sie dicke Daunenjacken, Basecaps und Sneakers trugen. Ein weiteres wichtiges Indiz!

»Dasch war ein richtig schöner Nachmittag«, lallte ein älterer Mann mit krummem Rücken. »Die kleine Spritztour zur Kneipe im Nachbarort hat sich echt gelohnt.«

»Vor allem weil die dort schon schooo früh aufhatten. Aber ich glaube, das letzte Bier war schlecht.« Der zweite Mann rülpste laut.

»Führt euch nicht so auf. Ihr vertragt aber auch gar nichts!«, zischte der dritte, offenbar der Anführer der Bande. Er war deutlich schlanker als seine Komplizen und trug einen Pferdeschwanz.

Kims Nackenhaare stellten sich auf. Ein Mann mit krummem Rücken, einer mit Pferdeschwanz: Genau so hatten die Betrüger auf dem Foto der Überwachungskamera ausgesehen! Kim fand es widerlich, wenn sich Leute betranken. Lautlos zog Kim das Handy aus ihrer Tasche und schickte die SMS an Kommissar Peters ab.

Der Chef mit dem Pferdeschwanz schien auch nicht mehr ganz nüchtern zu sein. Er brauchte mehrere Anläufe, bis er

die Eingangstür aufgeschlossen hatte. Schwankend betraten die Betrüger das Haus. Die drei !!! hörten sie im Flur laut poltern.
Die Vermieterin war alles andere als erfreut über den Lärm. Hinter der Haustür entbrannte eine heftige Auseinandersetzung. Kurz darauf klirrte Glas.
»Jetzt reicht es!«, brüllte die Vermieterin. »Sie sind fristlos gekündigt. Raus aus meinem Haus!« Sie riss die Tür auf und beförderte die betrunkenen Männer an die frische Luft.
»Aber das können Sie nicht mit uns machen!«, protestierte der Bucklige. »Wir haben im Voraus bezahlt.«
»Genauuuu!«, lallte sein Komplize. »Bezahlt ischt bezahlt! Auscherdem ist noch unser ganzes Gepäck da oben.«
Die Vermieterin ließ sich nicht erweichen. »Das schicke ich Ihnen nach! Sie verschwinden jetzt sofort von meinem Grund oder ich rufe die Polizei!«
»Das würde ich lieber nicht tun.« Die Stimme des Anführers klang auf einmal stocknüchtern, leise und drohend. »Die Polizei lassen wir aus dem Spiel, verstanden?«
Kim sah, wie etwas Silbernes in der Hand des Anführers aufblitzte. War das ein Messer? Ja, es war ein Messer!
Franzi hatte es auch gesehen. »Jetzt wird es mir aber zu bunt«, murmelte sie. »Wir überwältigen ihn von hinten. Drei, zwei, eins – los!«
Kim, Franzi und Marie stürmten aus ihrem Versteck, rannten auf den Anführer zu und warfen sich mit dem vollen Gewicht ihrer Körper auf seinen Rücken.
»Aaaaah!« Mit einem gellenden Schrei ging der Anführer zu Boden. Beim Sturz rutschte ihm das Messer aus der Hand.

Franzi fischte es aus dem Schnee und richtete es auf die beiden anderen Betrüger. »Hände hoch, aber schnell!«
Im ersten Moment erschraken die beiden Männer, dann prusteten sie los.
»Dasch sind ja Kinder!«, grölte der Mann mit dem krummen Rücken.
Sein Komplize wankte auf Franzi zu. »Her mit dem Messer, aber schnell, hihi!«
»Ich denke nicht daran«, sagte Franzi ruhig.
»Das Messer könnt ihr vergessen.« Die Vermieterin hatte sich neben Franzi gestellt und fixierte die Betrüger angriffslustig.
Inzwischen hatte sich der Anführer aus Kims und Maries Klammergriff befreit und rappelte sich hoch. »Schluss mit dem Kinderkram! Ihr habt gegen uns keine Chance.« Sein Pferdeschwanz hatte sich halb aufgelöst. An einer Haarsträhne war eine Feder befestigt – und an der Feder baumelte ein gruseliger Totenkopf!
Kim und Marie bildeten jetzt mit Franzi und der Vermieterin eine geschlossene Reihe. Da hörte man aus der Ferne eine Polizeisirene.
»Geben Sie auf, die Polizei wird gleich hier sein«, sagte Marie.
Die Betrüger nahmen ihre Beine in die Hand und wollten davonrennen. Plötzlich knallte es vor ihnen auf dem Schnee: einmal, zweimal, dreimal. Funken sprühten. Alle drei Männer brüllten vor Angst.
Die Polizeisirene wurde lauter. Ein Kastenwagen der Polizei schoss auf die Ferienwohnung zu. Bremsen quietschten, die

Vordertüren schlugen. Kommissar Peters und Polizeimeister Conrad sprangen aus dem Wagen und rannten den Flüchtenden hinterher. Innerhalb kürzester Zeit hatten sie die Bande eingefangen. Mit erhobenen Händen kamen die Betrüger zurück. Die flotten Sprüche waren ihnen vergangen. Auf einmal wirkten sie kleinlaut und feige.
Franzi grinste breit. »Vor Knallfröschen kann man ganz schön erschrecken, was? Das passiert den wildesten Kerlen.«
»Wo hast du die denn her?«, flüsterte Kim.
»Noch von Silvester«, verriet Franzi. »Ich muss sie in meiner Jacke vergessen haben und hab sie gerade erst entdeckt.«
Franzi übergab das Messer an Kommissar Peters. »Damit haben die Männer die Vermieterin und uns bedroht.«
»Wir haben nichts getan!«, beteuerte der Anführer. »Gar nichts!«
Polizeimeister Conrad ließ die Waffe in eine Plastiktüte gleiten und lachte trocken. »Natürlich nicht. Auf dem Präsidium werden wir uns gerne ausführlich über dieses ›Nichts‹ unterhalten.«
»Fragen Sie die Männer auch nach der Abhörwanze, die sie bei Frau Nowak installiert haben«, rief Marie.
»Welche Wanze?« Der Mann mit dem krummen Rücken tippte sich mit dem Finger gegen die Stirn. »Wir haben nichts mit einer Wanze zu tun. Wir sind keine Spione!«
»Das werden wir ja sehen, wenn wir die Wanze auf Fingerabdrücke überprüft haben«, meinte Kommissar Peters. Dann wandte er sich an die Vermieterin. »Würden Sie morgen zu uns ins Präsidium kommen? Wir möchten gerne Ihre Zeugenaussage aufnehmen.«

»Mit dem größten Vergnügen!« Die Vermieterin warf den Männern einen grimmigen Blick zu.
Polizeimeister Conrad führte die Tatverdächtigen in Handschellen zum Auto und verfrachtete sie auf die Rückbank.
Kommissar Peters blieb noch kurz bei den drei !!!. Vorwurfsvoll stemmte er die Hände in die Hüften. »Ich bin sprachlos! Ihr habt es wieder mal geschafft. Gratulation! Endlich ist die Betrüger-Bande überführt und kann keinen Schaden mehr anrichten. Aber ...«
Kim wusste, was jetzt kommen würde. »... aber der Fall war wieder mal viel zu gefährlich für uns, stimmt's?«
»Äh ... ja ... allerdings.« Kommissar Peters war sichtlich überrumpelt und musste schmunzeln. »Ihr wisst es also selbst. Versprecht mir bitte, dass ihr in Zukunft wesentlich früher die Polizei einschaltet.«
Marie gab eine hintergründige Antwort: »So früh wie möglich, versprochen!«
Der Kommissar wollte etwas erwidern, wurde aber von Polizeimeister Conrad unterbrochen.
»Chef? Die Jungs auf der Rückbank werden langsam unruhig. Können wir?«
»Wir können.« Kommissar Peters verabschiedete sich von den Detektivinnen mit einem strengen Blick. »An euch habe ich auch noch einige Fragen. Entweder telefonieren wir oder ihr schaut im Präsidium vorbei, wie es euch lieber ist.«
»Wir rufen an«, versprach Franzi.
Der Kommissar lief zum Polizeiauto und Polizeimeister Conrad löste die Handbremse.
Marie starrte den Rücklichtern nach, die noch eine Weile

wie rote Vampiraugen in der Winternacht leuchteten. Dann drehte sie sich zu Kim und Franzi um. »Wir haben es geschafft! Der Fall ist gelöst.«
Franzi nickte. »Das ging wirklich schnell. Ich kann es immer noch nicht glauben.«
»Ich auch nicht«, murmelte Kim. »Aber fandet ihr es nicht auch komisch, dass die Betrüger von der Wanze nichts wussten?«
Marie lachte. »Nichts wissen *wollten.* Das kennt man doch: Erst streiten die Täter alles ab und hinterher legen sie auf einmal doch ein umfassendes Geständnis ab.«
»Ja, vielleicht.« Kim rieb sich gedankenverloren die Hände. Sie war sich nicht so sicher wie Marie.
Irgendetwas hakte bei diesem Fall. Warum hatten die Betrüger extra eine Wanze installiert? Sonst hatten sie doch auch immer sofort zugegriffen. Passten dieser große Aufwand und die komplizierte Ausführung mit dem Pralinenboten wirklich zu der Bande? Oder steckte womöglich jemand ganz anderes hinter der Wanze? Gab es zwei Verbrechen und sie hatten bisher nur eines aufgeklärt? Bei dem Gedanken wurde Kim ganz schlecht. Falls sie recht hatte, bedeutete das, Frau Nowak befand sich nach wie vor in großer Gefahr!

»Nein, ich kann wirklich nichts mehr essen!«, protestierte Kim. Sie saß mit Marie und Franzi in Oma Lottis gemütlicher, mollig warmer Wohnküche. Der Tisch bog sich unter den vielen Köstlichkeiten, die Franzis Oma wie immer in riesigen Portionen aufgetischt hatte.
Enttäuscht stellte Oma Lotti die halb volle Pfanne ab. »Scha-

de. Franzi war ja leider noch nie ein großer Esser. Und was ist mit dir, Marie?«
»Nein, danke«, wehrte Marie ab. »Die Bratkartoffeln waren superlecker. Die Spiegeleier und der Krautsalat mit Speck auch. Aber ich bin total satt.«
»Sehr schade.« Oma Lotti blickte unglücklich drein.
Sofort sprang Minka mit einem Satz vom Fensterbrett und strich schnurrend um Frauchens Beine.
Oma Lotti sah die schwarze Katze streng an. »Nein, *du* hast heute mehr als genug gehabt!«
Beleidigt verzog sich Minka wieder aufs Fensterbrett und schleckte ihre Pfoten.
»Was soll ich jetzt bloß mit meinem schönen Schokoladenkuchen machen?«, seufzte Oma Lotti. »Der ist frisch am allerbesten.«
Sofort tat sich eine Lücke in Kims Magen auf. »Es gibt Schokoladenkuchen zum Nachtisch? Wo steht er? Im Kühlschrank?«
Oma Lotti kicherte. »Dort hab ich ihn hineingestellt, ja. Und da wird er jetzt leider austrocknen und völlig ungenießbar werden.«
Kim sah Marie und Franzi alarmiert an. »Wir haben schon wieder einen Einsatz! Wir müssen den Schokoladenkuchen retten.«
»Ein Einsatz, der alle drei Detektivinnen erfordert.« Marie versetzte Franzi einen leichten Rippenstoß.
»Alles klar!«, sagte Franzi und ging zum Schrank, um kleine Teller herauszuholen.
Oma Lotti brachte zur Feier des Tages das gute Silberbesteck

aus der Kommode im Wohnzimmer. Kim schnitt den Kuchen an und Marie verteilte ihn. Er duftete wundervoll nach Kakao, Zimt und Vanille. Da konnte keiner widerstehen.
»Hmm, war das gut!« Marie rieb sich kurze Zeit später den Bauch. »Wenn es nicht so spät wäre, würde ich jetzt eine Runde laufen und die Kalorien wieder abtrainieren.« Sie stand ächzend auf. »Ich fürchte, ich muss mich anderweitig sportlich betätigen. Ich übernehme den Abwasch!«
»Wir helfen dir«, bot Kim an.
Oma Lotti lehnte sich in ihrem Küchenstuhl zurück und griff nach der Zeitung. »Das ist lieb von euch. Dann mache ich in der Zeit mein Sudoku.«
Zu dritt war das Geschirr schnell gespült, abgetrocknet und in den Küchenschränken verstaut. Am Schluss brachten Kim und Franzi das Silberbesteck zurück in die Kommode im Wohnzimmer. Vorsichtig legte Kim es in die Samtschatulle und wollte die Schublade gerade wieder zumachen, als Franzi ein brauner Umschlag ins Auge fiel. Er lugte unter der Schatulle hervor.
»Was ist das denn?«, murmelte sie.
»Wir sollten hier nicht herumstöbern«, fand Kim. »Das sind private Dinge.«
Franzi nickte. Sie gab Kim recht, sie wollte auch wirklich nicht hinsehen, aber die Buchstaben waren zu deutlich. Mit einem schwarzen Marker standen sie groß und fett auf dem Umschlag. Auch Kim konnte nicht anders, als sie zu lesen. Eine kalte Hand griff nach ihrem Herzen. Die Buchstaben fügten sich zu einem schrecklichen Wort:
Testament.

Franzi sank auf den Teppichboden vor der Kommode und presste die Hände gegen ihr Gesicht. Kim wollte ihre Freundin trösten, aber ihre Kehle war wie zugeschnürt.
Plötzlich stand Oma Lotti neben ihnen. »Was ist denn mit dir, Franzi? Du bist ja ganz verstört, mein Kind!«
Marie kam jetzt auch erschrocken angelaufen. Franzi nahm die Hände vom Gesicht und zeigte auf den Umschlag. Sie rang nach Luft. Dann fragte sie stockend: »Oma … Oma, bist du krank?«
»Nein, nicht doch!« Oma Lotti strich Franzi mit ihrer rauen Hand zärtlich über den Kopf. »Mir geht es gut. Hab keine Angst!«
Das sagte sich so leicht, dachte Kim. An Franzis Stelle, wenn es ihre eigene Oma wäre, hätte sie garantiert große Angst. Wann machten Menschen ein Testament? Wenn sie wussten, dass sie bald sterben würden!
»Kommt zu mir aufs Sofa, ihr drei«, bat Oma Lotti. »Ich erzähle euch alles in Ruhe, ja?«
Kim und Marie halfen Franzi beim Aufstehen. Kim merkte, dass Franzis Beine zitterten. Dann saßen sie nebeneinander auf dem altmodischen Sofa mit dem rosa Blümchenmuster.
Oma Lotti rückte einen Sessel heran. »Also, die Sache ist die: Ja, ich war neulich beim Notar, um mein Testament aufzusetzen. Aber ich kann euch beruhigen: Mir geht es gut, sogar sehr gut. Ich habe es nur getan, weil ich nicht mehr die Jüngste bin und für alle Fälle vorsorgen wollte.«
»Stimmt das wirklich? Dann bin ich aber froh! Du sollst nämlich noch ganz, ganz lange leben, hörst du?« Franzi sprang auf und fiel ihrer Oma um den Hals.

»Ich tu mein Bestes.« Oma Lotti lachte. Tausend Lachfältchen erschienen rund um ihre hellwachen Augen. »Und jetzt lasst uns nicht mehr über den Tod reden. Es gibt so viele schöne Dinge im Leben. Heute kommt zum Beispiel meine Lieblingsserie *Schlosshotel Romantik*. Habt ihr Lust, sie gemeinsam mit mir anzusehen?«

»Klar.« Marie war sofort Feuer und Flamme. »Spielt da nicht Johannes mit, der attraktive Sohn des Hotelbesitzers?«

»Genau der!« Oma Lotti wurde tatsächlich rot.

Franzi verdrehte die Augen. »Gibt es eigentlich irgendeine kitschige Fernsehserie, die du nicht kennst, Marie?«

»Ich glaub nicht«, sagte Marie mit entwaffnender Ehrlichkeit, stand auf und schaltete den Fernseher an.

Nach dem Schock wurde der Abend noch richtig schön. Kim und Franzi amüsierten sich darüber, wie Oma Lotti und Marie abwechselnd begeistert aufschrien, sobald Johannes auf dem Bildschirm erschien. Oma Lotti wirkte dabei so jung wie ein Teenager. Nach dem Abspann sah sie sich noch eine Reisedokumentation an. Kim, Franzi und Marie dagegen waren nach dem aufreibenden Tag todmüde und gingen schlafen.

»Erde an Marie! Hast du mir überhaupt zugehört?«, fragte Franzi.

Marie schreckte aus ihrem Sitz hoch. Sie sah sich im Bus um und schien sich erst nach ein paar Sekunden in der Gegenwart zurechtzufinden. Die drei !!! waren nach dem Frühstück aufgebrochen und auf dem Weg nach Hause. »Kannst du die Frage noch mal wiederholen?«, bat Marie.

Franzi stöhnte. »Ich hab dir eine Waffel angeboten, schon

zum zweiten Mal. Weil du doch Oma Lottis sagenhaftes Frühstück verpasst hast.«

»Danke, ich hab keinen Hunger.« Marie drehte den Kopf zum Fenster.

Kim machte sich Sorgen und hakte vorsichtig nach: »Wie war denn dein Waldspaziergang mit Holger?«

»Ganz okay.« Marie spielte nervös mit den Fransen ihres XXL-Schals. »Er hat mir erklärt, warum er von der geplanten Scheidung seiner Eltern nichts erzählt hat. Er stand unter Schock, es war alles zu viel für ihn. Jetzt erst kann er sich langsam damit auseinandersetzen. Wir haben lange geredet. Es war sehr traurig … und sehr schön.«

»Hört sich gut an«, sagte Kim leise. Franzi nickte und schwieg.

In das gleichmäßige Brummen des Busses – sie hatten diesmal einen verantwortungsbewussten Fahrer erwischt – mischte sich die Titelmelodie der *Vorstadtwache.*

Franzi ging ans Handy. »Hallo? Wer ist da? Frau Nowak! … Was sagen Sie? … Das gibt's nicht! Es wurde doch was gestohlen? Ausgerechnet die Urkunde mit dem Stammbaum von Ihrem Hund!« Franzi lauschte eine Weile. »Bitte beruhigen Sie sich. Wir kümmern uns sofort darum. Haben Sie irgendjemanden in Verdacht? Wer könnte Interesse an der Urkunde haben? … Aha! Das ist ja hochinteressant. … Ja, ich verstehe …«, Frau Nowak erzählte ganze Romane, »vielen Dank für die Info.«

»Welche Info?«, fragte Marie aufgeregt, nachdem Franzi endlich das Gespräch beendet hatte.

»Passt auf!« Franzi schlug sich mit der flachen Hand auf

ihren Oberschenkel. »In drei Tagen ist eine wichtige Hundeausstellung. Es gibt ein hohes Preisgeld für den schönsten Rassehund. Frau Nowak nimmt mit Prinz teil und hat zwei Hauptkonkurrenten. Dem einen, Herrn Roth, traut sie so einen gemeinen Diebstahl nicht zu. Er ist ein langjähriger guter Bekannter. Wir haben ihn übrigens bei unserem ersten Besuch bei Frau Nowak getroffen. Der andere, ein Robert Clarks aus England, kommt, wenn überhaupt, schon eher infrage. Aber eigentlich kann sie es sich auch nicht vorstellen.«

Kim rutschte auf den vordersten Rand ihres Sitzes. »Ich wusste die ganze Zeit, dass dieser Fall noch nicht zu Ende ist!«

Eine aufschlussreiche Teestunde

»Bin wieder da!«, rief Kim fröhlich. Sie schlüpfte aus ihrer Jacke, zog die Stiefel aus und stellte im Flur ihren kleinen Koffer ab. Dann zog sie vorsichtshalber den Kopf ein, um sich gegen einen möglichen Fußballangriff zu wappnen.
Heute flog kein Fußball durch die Gegend. Ben und Lukas ließen sich nicht blicken. Aber auch Frau Jülich antwortete nicht. Kim wunderte sich. Wo waren denn alle? Machten sie einen Ausflug? Oder hatte ihre Mutter die Zwillinge zu einer Wohltätigkeitsveranstaltung mitgenommen, damit sie endlich bessere Menschen wurden? Kim ging in die Küche. Sie war leer und aufgeräumt.
»Umso besser«, murmelte sie.
Sie wollte ohnehin nur kurz bleiben. In einer Dreiviertelstunde war sie mit Marie und Franzi zum Ortstermin bei Robert Clarks verabredet. Marie hatte seine Adresse problemlos im Internet gefunden. Im Telefonbuch gab es nur einen einzigen Clarks und der wohnte direkt am Jakobipark. Die drei !!! hatten einen genialen Plan entworfen, der aber nur funktionierte, wenn sie ohne auffälliges Reisegepäck aufkreuzten.
Kim machte den Kühlschrank auf und holte sich Butter, Schinken und Käse heraus, um sich schnell ein Sandwich zu machen. Das Mittagessen würde heute leider ausfallen. Als sie das fertige Sandwich in ihre Brotdose legte, fiel ihr ein, dass sie noch ihre Schultasche aus dem Zimmer holen musste. Kim rannte die Treppe hoch, schnappte sich die Tasche

und hörte beim Rausgehen gedämpfte Stimmen aus dem Zimmer der Zwillinge.

Immer wenn Ben und Lukas leise waren, wurde Kim misstrauisch. Dann stellten sie garantiert irgendeinen Unsinn an.

»Hallo! Alles okay bei euch?« Kim streckte den Kopf zur Tür herein.

Ben und Lukas saßen an ihren Schreibtischen und grinsten ihr entgegen.

»Ja, klar, wir machen Hausaufgaben. Mama ist einkaufen gegangen. Hallo, Kim!«, sagte Lukas.

»Schön, dich zu sehen! Wie war's in Billershausen?«, erkundigte sich Ben.

Bei Kim klingelten jetzt sämtliche Alarmglocken. So freundlich waren die Zwillinge das letzte Mal zu ihr gewesen, als sie ihren Computer mit einem Virus infiziert hatten.

»Was habt ihr ausgefressen? Raus mit der Sprache!«, verlangte Kim.

Die Brüder machten ihre berühmten »Wir sind unschuldige Engel«-Gesichter.

»Gar nichts haben wir ausgefressen.« Ben wich Kims forschendem Blick aus.

Lukas raschelte mit bunt bedrucktem Papier und schob es blitzschnell unter sein Heft.

»Was hast du da?« Kim sprintete zu Lukas' Schreibtisch. »Zeig es mir!«

»Spiel dich nicht so auf!«, verteidigte Ben seinen Bruder. »Das ist nur Werbung vom Supermarkt.«

Zögernd rückte Lukas den Prospekt heraus. Es war tatsächlich harmlose Werbung. Kim wurde nicht schlau aus dem

geheimnisvollen Getue der Zwillinge. »Die Post war also schon da«, stellte sie fest. »Für mich ist nichts gekommen?«
»Nö!«, rief Ben.
Lukas schüttelte den Kopf. »Nein, für dich ist kein Umschlag gekommen ... Autsch!« Ben hatte ihm gegen das Schienbein getreten.
Auf einmal machte es »klick!« in Kims Gehirn und sie wusste Bescheid. »Die Konzertkarten sind da. Ihr habt sie euch unter den Nagel gerissen!«
Lukas wurde knallrot. »Nein ... doch ... ja ... aber wir wollten sie uns nur kurz ansehen.«
»Her damit, aber ganz schnell!«
»Manno, warum kriegst du immer alles raus?« Ben bückte sich und kramte einen weißen Umschlag aus seiner Schultasche. Er war mit einem Messer aufgeschlitzt und tatsächlich befanden sich darin die zwei Konzertkarten für die *Crazy Underdogs*.
Kim nahm den Umschlag an sich. »Ganz einfach, weil ich Detektivin bin. Jetzt muss ich los, aber das gibt noch ein Nachspiel, das verspreche ich euch!«
»Planschkuh, Planschkuh!«, brüllten die Zwillinge, als sie aus dem Zimmer stürmte.
Vor lauter Wut über Ben und Lukas schaffte Kim den Fußweg zum Jakobipark in Rekordzeit. Keuchend kam sie als Erste beim Treffpunkt an. Franzi bog wenige Minuten später um die Ecke.
Marie traf als Letzte ein, das blonde Haar zu zwei Schulmädchenzöpfen geflochten. »Entschuldigt bitte, ich musste mich noch umziehen und mein Make-up auffrischen.«

»Klar«, sagte Franzi trocken. »Ungestylt würde Clarks dich bestimmt nicht empfangen.«
Kim nahm erst jetzt das Haus des Verdächtigen wahr. Es sah aus wie ein Puppenhaus: sehr schmal, aber dafür hatte es drei Stockwerke. Eine steile Treppe führte zu einer knallroten Haustür. »Also dann, wir machen es wie besprochen. Marie, gehst du vor?«
»Sehr gerne!« Marie strich ihren karierten, knielangen Rock glatt. Mit den Zöpfen, dem Rock und der schlichten blauen Wolljacke wirkte sie zwei Jahre jünger. In dem Outfit hätte sie problemlos in einem englischen College auftauchen können und genau das hatte sie auch bezweckt.
Statt einer Klingel gab es einen Klopfer aus Messing in Form eines Hundekopfes. Marie betätigte den Klopfer zweimal.
Ein gepflegter älterer Herr mit Brille, Anzug und Krawatte machte ihnen auf. »Ja, bitte? Was kann ich für euch tun?«, fragte er freundlich mit einem leichten englischen Akzent.
Marie machte einen Knicks vor ihm. »Guten Tag! Ich bin Marie und das sind meine Mitschülerinnen Kim und Franzi. Wir machen ein Referat für die Schule über die Hundeausstellung und würden Ihnen gerne ein paar Fragen stellen.«
Herr Clarks rückte seine Krawatte zurecht. »Oh! Das ist ja eine Überraschung. Wie seid ihr denn da auf mich gekommen?«
»Frau Nowak hat uns Ihren Namen genannt«, sagte Marie. »Wir waren gerade bei ihr. Dürfen wir vielleicht …?« Sie zeigte lächelnd auf den Flur.
»Selbstverständlich!« Robert Clarks trat zur Seite. »*Come on in.* Kommt herein!« Als formvollendeter Gentleman half er

ihnen aus den Mänteln und fragte, ob sie Lust auf einen Schluck Tee hätten.
»Das wäre ganz wundervoll!«, sagte Kim.
Robert Clarks führte sie ins Wohnzimmer und verschwand in der Küche nebenan. Kim sah sich neugierig um. Der Raum strahlte mit seiner hellen Sitzgruppe, dem Klavier und den Einbauschränken gediegenen Wohlstand aus. Er wirkte harmlos, nichts darin ließ auf einen Spion oder Einbrecher schließen, aber Kim wusste aus Erfahrung, dass der erste Eindruck oft täuschen konnte.
Franzi entdeckte neben dem Klavier einen Hundekorb, in dem ein großer, grauer Pudel lag. Er hob nur kurz den Kopf und ließ ihn gleich wieder aufs Polster sinken. Franzi kniete sich vor den Korb. »Na, bist du müde?«
Der Pudel gab einen winselnden Laut von sich. Dann schloss er die matten Augen. Franzi strich ihm über den Kopf, was er geduldig zu ertragen schien.
»Habt ihr euch schon mit meinem Harry bekannt gemacht?« Herr Clarks kam mit einem Teetablett aus der Küche und stellte es auf dem Couchtisch ab.
»Ein prachtvoller Rüde!«, lobte Franzi. »Mein Vater ist Tierarzt und ich habe schon viele Pudel gesehen, aber keiner war so beeindruckend.«
Herr Clarks lächelte geschmeichelt. »Ja, er ist ein prachtvoller Kerl, aber leider geht es ihm nicht gut.«
»Was hat er denn, der Arme?«, erkundigte sich Marie mitfühlend.
Robert Clarks verteilte die Teetassen. »Er fiebert, hat sich einen hartnäckigen Infekt geholt. Das geht jetzt schon seit

einer Woche so. Milch, Zucker? Bedient euch bitte. Hier sind auch Ingwerkekse.«

»Vielen Dank«, sagte Kim. Der schwarze Tee war noch zu heiß, um ihn gleich zu trinken. Also stellte sie ihn ab und nahm sich einen Keks. Der schmeckte allerdings so stark nach Ingwer, dass ihr Tränen in die Augen schossen.

Franzi stand immer noch vor dem Hundekorb. »Hoffentlich wird Harry bis zur Hundeausstellung wieder gesund!«

»Ja, das hoffe ich auch.« Herr Clarks setzte sich in einen Sessel. Ein Schatten flog über sein Gesicht. »Aber bei der Ausstellung darf er leider nicht teilnehmen. Die Vorschriften sind sehr streng. Er könnte sonst die anderen Hunde anstecken.«

»Oh, das tut mir leid.« Kim überlegte, was das bedeutete. Hatte Clarks die Urkunde von Prinz gestohlen, weil er niemand anderem einen Erfolg gönnte, wenn er selbst schon nicht dabei sein konnte?

Robert Clarks blickte die Detektivinnen freundlich an. »Danke. Eure Fragen zur Hundeausstellung beantworte ich natürlich trotzdem gerne. Harry und ich nehmen schon seit vielen Jahren an Wettbewerben teil.«

Kim holte ihr Detektivheft heraus und schlug eine neue Seite auf. »Haben Sie mit Ihrem Hund schon mal was gewonnen?«

»Ja, dreimal«, antwortete Herr Clarks. »Vor fünf Jahren den Preis ›Nationaler Schönheitschampion‹ und danach zweimal den dritten Preis in der Endausscheidung.«

»Gratulation!«, sagte Marie. Dann stellte sie eine Reihe von allgemeinen Fragen zur Hundeausstellung.

Kim schrieb eifrig mit, obwohl die Fragen ihnen nicht wei-

terhalfen. Sie dienten lediglich dazu, Clarks in Sicherheit zu wiegen. Die Taktik ging auf. Robert Clarks antwortete bereitwillig und schöpfte keinerlei Verdacht.
Nach einer Weile lenkte Marie geschickt das Thema zurück zu Frau Nowak. »Wir haben gehört, dass in den letzten beiden Jahren Prinz der Champion war. Wie gehen Sie damit um?«
Clarks schmunzelte. »Ich müsste lügen, wenn ich behaupten würde, es hätte mir nichts ausgemacht. Aber die Entscheidung der Jury war absolut nachvollziehbar. Prinz hat den ersten Preis mehr als verdient. Ich gönne Frau Nowak den Erfolg.«
Clarks' offene Antwort verblüffte Kim. Auch sein Lächeln schien echt zu sein. Kim konnte kein unruhiges Augenflackern oder ein anderes verräterisches Indiz in seinem Gesichtsausdruck erkennen.
Beiläufig brachte sie jetzt den anderen Konkurrenten ins Spiel. »Was halten Sie von Plutos Besitzer Herrn Roth?«
Clarks setzte vorsichtig seine Teetasse ab. »Ein schwieriger Fall. Ich möchte nichts Schlechtes über andere Menschen sagen … Nur so viel dazu: Herr Roth leidet offensichtlich unter übersteigertem Ehrgeiz. Seit Jahren will er unbedingt gewinnen, er ist richtig besessen davon. Bis jetzt hat es nicht geklappt. Mich wundert das nicht. Ich fürchte, Pluto spürt den enormen Druck. Man sollte Tiere nicht so überfordern. Das ist nicht gut.«
»Ich würde sogar sagen, das grenzt an Tierquälerei!« Franzi war bei ihrem Lieblingsthema angelangt. Sie setzte sich leidenschaftlich dafür ein, dass Tiere artgerecht gehalten und liebevoll behandelt wurden.

»So weit wollte ich nicht gehen, aber im Grunde stimme ich dir zu. Soll ich uns noch frischen Tee machen? Oder wollt ihr lieber einen Saft?« Clarks nahm fragend die leere Teekanne in die Hand.
»Nein, danke«, sagte Marie. »Wir haben Ihre wertvolle Zeit lange genug in Anspruch genommen. Der Tee und die Kekse waren köstlich.«
»War mir ein Vergnügen!« Herr Clarks reichte ihnen nacheinander die Hand. Er hatte einen festen, ehrlichen Händedruck.
Kim hatte sich schon zum Gehen umgedreht, da fiel ihr plötzlich noch etwas ein: »Eine Frage hab ich vergessen: Ist es möglich, auch ohne Urkunde und Stammbaumnachweis an der Hundeausstellung teilzunehmen?«
»Das ist durchaus möglich, ja«, antwortete Clarks. »Wenn der Hund und die Besitzerin bereits an früheren Wettbewerben teilgenommen haben und der Jury bekannt sind.«
Kim lächelte. »Vielen Dank. Das wollte ich nur der Vollständigkeit halber wissen. Einen schönen Tag noch!«
»Euch auch. Und viel Erfolg bei eurem Referat!«
»Welches Referat?«, rutschte es Franzi heraus. »Ach so, klar … äh … das Referat!« Sie verhaspelte sich und machte ihren Ausrutscher nur noch schlimmer.
Herr Clarks machte ein verwundertes Gesicht.
Schnell hakte sich Marie bei Franzi unter und säuselte: »Du hast es schon wieder verdrängt, Franzi! Mach dir keine Sorgen, wir schaffen das schon. Du musst gar kein Lampenfieber haben.«
Herr Clarks streckte seinen linken Daumen hoch. »Lampen-

fieber kenne ich gut. Das habe ich auch vor jeder Hundeausstellung. Also dann, viel Glück!«

Kim und Marie nahmen Franzi in ihre Mitte und sahen zu, dass sie so schnell wie möglich das Haus verließen. Die drei !!! gingen in den Jakobipark, um sich ungestört beraten zu können. Dort gab es als neugierige Zuhörer nur ein paar Krähen, die nach essbaren Krumen pickten.

Franzi kickte einen Kieselstein auf den zugefrorenen Ententeich. Er schlidderte über das Eis und platschte in eins der wenigen Wasserlöcher. »Ich könnte mich ohrfeigen! Alles lief so glatt und dann hätte ich es durch meine Blödheit beinahe vermasselt.«

Kim grinste. »Selbsterkenntnis ist der erste Weg zur Besserung. Mach dir nichts draus. So was passiert jedem mal. Es ist ja alles gut gegangen.«

»Genau«, meinte Marie, die überhaupt nicht sauer war. »Viel wichtiger ist, was wir herausbekommen haben. Ich halte Clarks für unschuldig. Beweisen können wir es zwar nicht, aber mein Bauchgefühl sagt mir, dass er nicht der Spion ist.«

Kim nickte. »Das sehe ich auch so. Dann muss es Roth sein! Zählt doch mal eins und eins zusammen. Er hat die Wanze installiert und gewartet, bis die Bahn frei war. Dann hat er sich den Stammbaum geholt, damit Frau Nowak Prinz nicht bei der Ausstellung anmelden kann. Später hat er dann aber erfahren, dass das nicht reicht, um seine Konkurrentin aus dem Weg zu räumen. Ich fürchte, er wird noch einmal einbrechen und …«

»… Prinz ausschalten, meinst du?« Franzi schluckte. »Wenn er dem Hund auch nur ein Haar krümmt, dann …!«

Kim starrte auf eine Trauerweide, deren dürre Äste beinahe den Boden berührten. »Müssen wir jetzt die Wanze doch entschärfen?«
»Ich weiß nicht.« Marie zögerte. »Vielleicht sollten wir noch ein bisschen warten, bis wir mit Roth gesprochen haben.«
Plötzlich ließ Franzi einen Schrei los. Die Krähen ergriffen die Flucht und flogen krächzend davon. »Wir haben was Wichtiges übersehen! Herr Roth kann nicht der Bote sein. Erinnert ihr euch, wie Chrissie und Frau Martin ihn beschrieben haben? Herr Roth ist viel älter.«
»Du hast recht.« Kim ärgerte sich, dass ihr das nicht selbst eingefallen war. »Ich tippe trotzdem auf Roth. Der Bote muss sein Komplize sein.«
»Was haltet ihr von einem spontanen Besuch bei Roth? Die Adresse haben wir ja von Frau Nowak.« Marie kramte geschäftig in ihrer Handtasche. »Ich bin gleich so weit. Muss nur noch schnell Lippenstift nachlegen.«

Kims riskanter Plan

Als Detektivin braucht man drei lebenswichtige Voraussetzungen: Mut, Geduld und eine ordentliche Portion Glück. Letzteres hatten die drei !!! nicht immer, aber ziemlich oft. Heute Nachmittag zum Beispiel.

Kim, Franzi und Marie gingen auf das Haus von Herrn Roth zu, einen gelben Pavillon aus den siebziger Jahren, der in der Nähe des Jugendzentrums lag. Sie waren kurz davor, am Gartentor zu klingeln, als ein Junge herauskam und mit langen Schritten durch den Vorgarten lief.

Er hatte eine Wollmütze auf, unter der braune Ponyfransen hervorlugten. Mit einer lässigen Handbewegung zog er die Mütze noch tiefer in die Stirn. Trotz Kälte trug er seine Steppjacke offen und marschierte zu einem Fahrrad, das an die Hauswand gelehnt war. Während er am Fahrradschloss hantierte, drehte er den Detektivinnen den Rücken zu. Gleichzeitig präsentierte er die Kehrseite seiner auffälligen Jeans. Auf dem Po war ein wildes Schlangenmuster aufgedruckt.

Ein Erinnerungsfetzen spukte durchs Kims Gehirn. Sie hörte Chrissie kichern und sagen: »Wie der Bote aussah? Süß!«

Es gab keinen Zweifel: Sie hatten Chrissies Pralinenboten gefunden! Und damit gleichzeitig den Täter, der die Abhörwanze installiert hatte! Kim musste Franzis Schwester recht geben. Der Junge war süß, aber Michi war natürlich tausendmal süßer.

Marie und Franzi hatten den Jungen ebenfalls identifiziert.

Marie entfernte ihre Haargummis und löste die braven Zöpfe. Wie ein seidener, leicht gewellter Vorhang fielen ihre langen Haare über die Schultern. »Ich glaube, hier bin ich gefragt«, sagte sie mit ihrem typischen Augenaufschlag.
Kim beobachtete halb verblüfft, halb fasziniert, wie selbstbewusst Marie auf den Jungen zuging und ihn einfach ansprach. »Hi! Ich bin Marie«, hörte sie ihre Freundin sagen. »Ich hab eine wichtige Nachricht für deinen Vater.«
Der Junge schwang sich auf den Fahrradsattel. »Den hast du verpasst. Er ist gerade zu einer Geschäftsreise aufgebrochen. Und ich muss auch los.«
Marie ließ sich von der kurz angebundenen Antwort nicht abschrecken. »Kein Problem. Für dich hab ich auch eine wichtige Nachricht.«
Erstaunt hob der Junge den Kopf. »Welche denn?«
»Deine Jeans ist echt cool. Hat dir das schon mal jemand gesagt?«
»Äh … nö … n…nicht direkt.« Der Junge kam ins Stottern. Er musterte Marie. Sein Blick verirrte sich in ihren Haaren und anschließend in ihren blauen Augen. Sekundenlang starrte er Marie an.
Marie hielt seinem Blick stand. Ihr Mund verzog sich zur Andeutung eines Lächelns. »Hat der Träger der Jeans auch einen Namen?«
Der Junge brauchte eine Weile, bis er die Frage verstanden hatte. »Was? Äh … klar. Ich bin Robby.«
»Robby, der Name gefällt mir.« Maries Lächeln vertiefte sich. »Schade, dass du keine Zeit hast. Ich wollte nämlich gerade ins Jugendzentrum gehen, eine Cola trinken.«

Robby schwang sich vom Fahrrad und lehnte es wieder an die Hausmauer. »So eilig hab ich es auch nicht. Zufällig hab ich auch Lust auf Cola.«
»Gut, gehen wir.« Marie warf ihre langen Haare nach hinten und lief los.
Robby folgte ihr wie von einem Magneten angezogen. Die beiden passierten das Gartentor. Kim und Franzi gingen schnell weiter und versteckten sich hinter einem Busch. Die Vorsichtsmaßnahme wäre gar nicht nötig gewesen. Robby nahm nichts mehr um sich herum wahr. Eine Kostprobe von Maries Flirtkünsten hatte gereicht und er war ihr verfallen. Marie und Robby waren beim Jugendzentrum angekommen und verschwanden hinter der Eingangstür.
»Wir warten eine Minute, dann folgen wir ihnen«, flüsterte Franzi.
Kim kam die Minute endlos vor. Aufgeregt betraten die Detektivinnen das Jugendzentrum. Dort war jede Menge los. Sie machten einen großen Bogen um das voll besetzte Café und zogen sich ins Musikzimmer zurück. Dort saß ein Junge auf dem Boden und klimperte, völlig in seine Welt versunken, auf einer Gitarre.
Kim zückte ihr Handy und schickte Marie eine SMS.

Warten auf dich im Musikzimmer.

Kim und Franzi setzten sich auf die abgewetzte Couch und hörten dem Gitarrenspiel zu.
»Hoffentlich flirtet Marie nicht den ganzen Abend mit diesem Robby«, stöhnte Kim.

Franzi zuckte mit den Schultern. »Zutrauen würde ich es ihr. Aber ich gehe mal davon aus, dass sie einen kühlen Kopf behält.«

Franzis Vermutung bewahrheitete sich. Schon nach zehn Minuten erschien Marie freudestrahlend im Musikzimmer. Gleichzeitig stand der Junge auf und schlurfte aus dem Raum. »Ich hab sehr interessante Sachen erfahren«, verkündete Marie. »Ihr könnt mir gratulieren. Robby ist der einzige Sohn von Herrn Roth. Sein Vater scheint total cool zu sein, er lässt Robby jede Menge Freiheit. Und jetzt kommt's: Bevor er weggefahren ist, hat er zu Robby gesagt: ›Du schaffst das schon, du regelst das für mich!‹«

»Ich glaub, ich hör nicht richtig!«, empörte sich Franzi. »Der Vater macht seinen eigenen Sohn erst zum Komplizen und dann zum Hauptverbrecher? Weil er im letzten Moment Schiss bekommen hat und doch lieber abhaut?«

Kim war genauso fassungslos wie Franzi. »Klingt total verrückt, aber so könnte es tatsächlich sein.«

Marie erzählte aufgeregt weiter: »Robby hat mir übrigens am Schluss seine Handynummer gegeben. Er will mich wiedersehen. Und stellt euch vor: Er geht in Chrissies Klasse!«

Kim sprang von der Couch hoch. »Was? Dann hat Chrissie uns angelogen!«

»Dieses Biest!«, zischte Franzi. »Sie wusste genau, dass sie damit unsere Ermittlungen behindert. Na warte, die kann was erleben!« Wütend wählte Franzi die Handynummer ihrer Schwester und stellte auf Lautsprecher. »Warum hast du uns verschwiegen, dass du den Boten kennst? Du bist mit Robby in einer Klasse. Kannst du mir das mal erklären?«

»Reg dich doch nicht so auf!«, sagte Chrissie genervt.
»Ich reg mich nicht auf!« Franzis Stimme wurde noch lauter. »Ich will von dir die Wahrheit hören. Es geht hier um ein Verbrechen!«
Jetzt druckste Chrissie herum: »Schon gut. Ich erzähl ja schon alles. Ich wollte Robby nicht in Schwierigkeiten bringen. Ich dachte, er hat nichts Schlimmes angestellt, vielleicht nur eine kleine Sache oder so. Deshalb wollte ich nicht, dass ihr ihn verdächtigt und womöglich auf die Idee kommt, ihn der Polizei auszuliefern.«
»Na toll!«, sagte Franzi. »Du bist in Robby verknallt und hast ihn gedeckt. Das ist so was von daneben.«
Chrissie schnappte nach Luft. »Du bist auch voll daneben. Ich lasse mich von meiner kleinen Schwester nicht anbrüllen.«
»Ist schon vorbei«, versicherte Franzi. »Ich lege jetzt auf und versuche wieder geradezubiegen, was du verbockt hast. Ciao!«
Kim hatte Franzi selten so empört erlebt. Aber sie konnte ihre Reaktion verstehen.
»Lassen wir die Gefühle für einen Moment aus dem Spiel«, schlug Kim vor. »Wir müssen jetzt nämlich einen klaren Kopf bewahren und eine Handyortung durchführen.«
Marie machte ein verdutztes Gesicht. »Handyortung? Super Idee … oh nein, leider doch nicht! Das geht doch nur, wenn der andere davon weiß und einverstanden ist.«
»Stopp!«, rief Franzi dazwischen. »Könnt ihr mich bitte aufklären, was eine Handyortung ist?«
Stolz gab Kim ihr Wissen weiter, das sie sich vor Kurzem im

Internet angeeignet hatte. »Mit einer Handyortung kann man ein fremdes Handy aus der Ferne mit GPS orten. Über dein eigenes Handy bekommst du dann jederzeit mit, wo sich der andere gerade aufhält und in welche Richtung er sich bewegt.«

Franzi pfiff durch die Zähne. »Cool! Hört sich aber kompliziert an. Muss man ein Technik-Profi sein, um so was einzurichten?«

»Nein, gar nicht«, sagte Kim. »Es ist babyleicht. Im Internet gibt es ein Programm, das dich Schritt für Schritt anleitet. Dort gibst du zuerst die Nummer ein, die du orten willst, und dann deine eigene. Danach kommt der Haken, den Marie gerade erwähnt hat: Erst wenn der andere eine Bestätigungs-SMS geschickt hat, senden sie dir eine PIN, die du auf der Website eingibst.«

»Hey, ich hab die Lösung!« Franzi zwinkerte Marie verschwörerisch zu. »Du rufst Robby an und gestehst ihm, dass du ständig an ihn denkst und immer wissen willst, wo er gerade ist. Er ist so verknallt in dich, ich wette, er schöpft keinen Verdacht.«

»Klar! Und wenn doch? Dann sind wir geliefert«, wandte Marie ein. Aber die Herausforderung schien sie dann doch zu reizen. Als auch Kim den Vorschlag gut fand, meinte Marie schließlich: »Okay. Ich riskier's, aber ich kann für nichts garantieren!«

Kim streckte die Hand aus und Franzi und Marie schlugen ein. Damit war es beschlossene Sache.

Detektivtagebuch von Kim Jülich
Mittwoch, 20:18 Uhr
Marie hat ganze Arbeit geleistet. Robby hat angebissen! Die Ortung läuft jetzt seit etwa einer Stunde über mein Handy. (Wir haben uns darauf geeinigt, dass bei mir alle Fäden zusammenlaufen sollen.)
Mein Handy liegt neben mir auf dem Schreibtisch und ich kann genau sehen, dass Robby daheim ist. Bisher hat er sich nur im Haus seines Vaters bewegt, also müssen wir uns keine Sorgen machen.
Es ist ein merkwürdiges Gefühl. Auf einmal habe ich doch ein schlechtes Gewissen. Ich komme mir selber vor wie eine Spionin, dabei will ich das doch gar nicht: andere Leute überwachen, sie kontrollieren. Aber ich begreife jetzt auch, dass es faszinierend sein kann, plötzlich Macht über einen anderen Menschen zu haben. Ihm immer einen Schritt voraus zu sein. Verbrecher haben ja oft ein niedriges Selbstbewusstsein und sind sehr verletzlich. Wenn sie andere Leute abhören oder ihre Handys orten, fühlen sie sich stärker. Das Verrückte ist: Ein winziger Teil in mir spürt das auch. Ganz schön gruselig, einen Blick in die Abgründe der eigenen Seele zu werfen!
Aber zurück zum aktuellen Stand unserer Ermittlungen. Unser Plan ist folgender: Ab morgen übernachten Franzi und ich bei Marie, damit wir in der Nähe des Tatorts sind und sofort in Aktion treten können. Wir warten ab, bis Robby sich dem Haus der Nowaks nähert. Dann bringen wir umgehend die gefährdeten Personen und Tiere in Sicherheit: Magdalena, Frau Nowak, Chrissie, falls sie gerade zum Babysitten da ist, und Prinz. Der Täter tappt in unsere Falle und wir schnappen ihn.

Auf dem Papier hört sich das alles so einfach an, aber in der Realität kann das ganz schön schwierig werden. Vor allem wenn sich der Täter nicht nach unserem Plan verhält, sondern unvorhergesehene Schritte unternimmt. Meine Nerven liegen jetzt schon blank. Ja, ich hab Angst. Ich weiß, die gehört dazu. Und ich weiß auch, dass ich sie schon oft überwunden habe. Wenn ich doch bloß nicht jedes Mal das Gefühl hätte, eine blutige Anfängerin zu sein, die ihren allerersten Fall löst!
Tief durchatmen, Kim! Du schaffst das.

Geheimes Tagebuch von Kim Jülich
Mittwoch, 20:51 Uhr
Ben und Lukas, ihr hört mir jetzt mal gut zu: Ihr habt meine Konzertkarten geklaut. Das war vorsätzlicher Diebstahl. Wenn ihr es wagen solltet, auch noch mein geheimes Tagebuch zu lesen, vergreift ihr euch an Privateigentum. Genau so fangen Verbrecher-Karrieren an. Kehrt um, bevor es zu spät ist. Sonst verbringt ihr eure Zukunft im Gefängnis.
Die Konzertkarten sind gesichert. Ich hab sie in der obersten Schublade meines Bürocontainers eingeschlossen. Ben und Lukas haben sich sogar freiwillig bei mir entschuldigt und versprochen, dass sie so was nie mehr tun werden. Sie waren richtig geknickt und auf einmal taten sie mir fast schon wieder leid. So geht es mir öfter mit meinen kleinen Brüdern: Mit ihnen kann ich nicht leben – und ohne sie kann ich auch nicht leben! Es ist zum Verrücktwerden.
Dem Konzertabend mit Michi steht also nichts mehr im Wege. Und er ahnt nichts. Am Telefon hab ich es so geschickt ange-

stellt, dass er keinen Verdacht schöpfen konnte. Wir treffen uns zur Happy Hour im Café Lomo. *Und danach rocken wir zusammen auf dem Konzert der* Crazy Underdogs. *Ich zähle die Tage bis dahin.*
Michi, I'm crazy for you.
So crazy.
Crazy for love.

Nächtliche Verfolgungsjagd

»Ist das gemütlich hier!« Kim streckte sich wohlig auf dem flauschigen, türkisfarbenen Teppich in Maries Zimmer aus.
Zwölf Kerzen auf einem silbernen Tablett erleuchteten die Sitzecke beim Erker. Ihre Flammen zauberten eine geheimnisvolle Aura in die Gesichter von Kim, Franzi und Marie. Kim fühlte sich ihren Freundinnen an diesem Freitagabend besonders nahe. Die Dunkelheit dort draußen konnte ihnen nichts anhaben. Sie waren geschützt und miteinander verbunden, wie Verschwörer.
»Ausruhen dürfen wir uns aber nicht«, gab Marie zu bedenken. »Wir müssen wachsam bleiben.«
Franzi nickte. »Klar.«
Automatisch wanderten die Blicke der drei !!! zum Beistelltisch, auf dem Kims Handy und ein Notizblock lagen. Kim hatte peinlich genau mitgeschrieben, wo Robby sich seit Mittwoch, 19 Uhr überall aufgehalten hatte. Am Mittwochabend hatte er sein Zuhause nicht verlassen. Am Donnerstag war er morgens in die Schule gefahren und am Nachmittag kreuz und quer durch die Innenstadt gedüst. Abends war er zu Hause gewesen. Die Bewegungen am Freitag waren fast identisch. Momentan war er wieder zu Hause.
Marie schenkte sich Tee nach und konzentrierte sich auf den aufsteigenden Dampf in ihrem Becher. »Manche Menschen können aus dem Dampf lesen, was die Zukunft bringt. Seht ihr? Erst steigt er ruhig auf, aber weiter oben flackert er plötz-

lich. Ich würde sagen, das bedeutet, Robby geht heute Abend noch weg.«

Kim bekam eine Gänsehaut. »Verschon uns bitte mit deinem übersinnlichen Zeug! Halten wir uns lieber an die Fakten.« Eben hatte sie sich noch sicher gefühlt, aber jetzt wurde ihr wieder bewusst, auf welch dünnem Eis sie sich bewegten.

»Finde ich auch.« Franzi schlug sich auf Kims Seite. »Und die Fakten sind: Herr und Frau Nowak sind vor einer halben Stunde weggefahren, zu einer Theateraufführung. Im Nowak-Haus befinden sich momentan Magdalena, Prinz und Chrissie.«

»Also hätte Robby leichtes Spiel«, unkte Marie.

»Hör auf!«, riefen Kim und Franzi.

In dem Moment leuchtete Kims Handy auf. 21:47 Uhr. Das Zielobjekt hatte sich in Bewegung gesetzt! Es verließ seinen Standort in Richtung Fußgängerzone. Kurz darauf war klar, wohin die Reise ging. Der rote Punkt auf Kims Handydisplay näherte sich dem Ostviertel!

Die drei !!! sprangen gleichzeitig hoch und warfen sich die Jacken über, die sie am Boden abgelegt hatten. Marie pustete die Kerzen aus. Franzi schnallte sich den Detektivrucksack um und nahm die Taschenlampe in die Hand. Kim schnappte sich das Handy.

Im Treppenhaus war es dunkel. Helmut Grevenbroich und Tessa hatten sich nach einem anstrengenden Dreh bereits ins Schlafzimmer zurückgezogen. Aus Linas Zimmer drang Popmusik. Lautlos liefen Kim, Franzi und Marie die Treppe hinunter. Sekunden später fiel die Haustür hinter ihnen ins Schloss.

Eine sternenklare Nacht empfing die drei !!!. Es war klirrend kalt. Der Schnee knirschte unter ihren Schuhsohlen. Im Laufschritt düsten sie die Straße hoch, bogen einmal links und zweimal rechts ab und schon waren sie in der Straße, in der Frau Nowak wohnte.
Franzi schickte eine SMS an Chrissie. Die Nachricht enthielt nur ein einziges Wort.

Ernstfall.

Chrissie erwartete sie am Gartentor. Nervös warf sie einen Blick auf die Straße. »Wo ist der Einbrecher? Kommt er schon?«
Kim überprüfte ihr Handydisplay. Das Zielobjekt hatte inzwischen das Ostviertel erreicht. Der gemäßigten Geschwindigkeit nach zu urteilen, bewegte es sich zu Fuß. Kim überschlug die Entfernung und schätzte die Ankunftszeit. »Noch nicht. Nach meiner Rechnung haben wir noch ungefähr sieben Minuten.«
Chrissie wurde ganz bleich. »Ich will weg hier! Lasst mich gehen.«
»Dazu ist es zu spät. Vertrau uns.« Marie redete besänftigend auf Chrissie ein und lotste sie zurück in Richtung Haus. »Wir brauchen deine Hilfe. Magdalena kennt dich am besten. Hol sie aus ihrem Bettchen und bring sie in die Küche. Sie sollte möglichst nicht aufwachen. Meinst du, du schaffst das? Oder sollen wir das übernehmen?«
Chrissie straffte ihre Schultern. »Nein, nein, ich krieg das schon hin.«

»Danke«, sagte Franzi leise. Es gab viele Momente, in denen sie Chrissie am liebsten an die Wand klatschen würde. Aber es gab auch Momente wie diesen, wo sie stolz war, eine ältere Schwester zu haben.
Kim, Franzi und Marie betraten mit Chrissie das Haus. Im Flur trabte ihnen Prinz müde entgegen. Als er die späten Gäste erkannte, wedelte er freudig mit dem Schwanz und wollte alle der Reihe nach begrüßen.
Franzi hielt Prinz davon ab, an jedem hochzuspringen. »Heute müssen wir es leider kurz machen. Wir sind in Gefahr. Hörst du?«
Prinz spitzte die Ohren. Sofort setzte er sich auf sein Hinterteil und sah Franzi erwartungsvoll an.
»Los, beeilt euch!«, drängte Kim. »Zielobjekt ist in drei Minuten hier. Plan A läuft. Alle Lichter löschen. Dann geht jede auf ihre Startposition.«
Marie nickte. In ihrem Fall hieß das, dass sie mit Kim den Rückzugsort vorbereiten musste. Marie und Kim rannten zur Küche.
Franzi kümmerte sich inzwischen um Prinz. »Komm!«, lockte sie ihn. »Wir spielen Verstecken. Soll ich dir ein tolles Versteck zeigen?«
»Wau!«, machte Prinz. Neugierig lief er hinter Franzi her. In die geräumige Küche ging er bereitwillig mit, aber als er in die enge Speisekammer hineinsollte, stemmte er sich mit den Vorderpfoten ab und blieb abrupt stehen.
»Komm, Prinz, komm!« Franzi hielt ihm eine Minisalami hin. »Wenn du in die Speisekammer gehst, kriegst du die leckere Wurst.«

Prinz rührte sich keinen Millimeter vom Fleck. Franzi fluchte leise. »Bitte, tu's für mich!«
Der Hund sah sie mit großen, ängstlichen Augen an und winselte herzzerreißend.
Während Franzi es weiter versuchte, kam Chrissie mit Magdalena auf dem Arm in die Küche. Das Baby schlief selig mit rosigen Wangen und leicht geöffnetem Mund.
»Rein mit euch«, flüsterte Marie. »Hier ist die Babyschale. Da kannst du sie ablegen. Eine Decke hab ich auch.«
Kim winkte Franzi verzweifelt zu. »Zielobjekt ist vor dem Gartentor! Wenn du es jetzt nicht schaffst, musst du Prinz draußen lassen.«
Franzi startete einen letzten Versuch. Aber der Windhund schien panische Angst vor engen Räumen zu haben. »Ist ja gut, Prinz«, beruhigte sie ihn. »Okay, dann bleibst du draußen. Lauf in Frauchens Atelier und versteck dich dort. Los, lauf!«
Prinz war so durcheinander, dass er mit dem Befehl nichts anfangen konnte. Er legte sich einfach unter den Küchentisch.
Franzi stöhnte. »Okay. Bleib dort. Platz!«
Franzi stürzte in die Speisekammer. Kim schloss die Tür und knipste die Taschenlampe aus. Ihr Herz klopfte schneller, ihr Atem ging flach. Es war so stickig hier, sie standen wie die Heringe in der Dose nebeneinander. Kim hatte Angst, nicht genügend Luft zu bekommen. Sie hätte in diesem Augenblick alles darum gegeben, mit Prinz zu tauschen, aber sie riss sich zusammen. Zwang sich dazu, tief aus- und einzuatmen. Nach ein paar Sekunden ging es ihr besser.
Die drei !!! lauschten und warteten. Magdalena gluckste leise

im Schlaf. Da! Unter dem gekippten Fenster der Speisekammer erklangen Schritte. Sie näherten sich der hinteren Eingangstür, die nur wenige Meter von der Speisekammer entfernt war.
Marie machte eine Räuberleiter, an der sich Franzi lautlos zum Fenster hochzog. Sie sah eine vermummte, männliche Gestalt mit einem Schäferhund. Das musste Robby sein mit Pluto, dem Hund seines Vaters. Er gab einen leisen Befehl und ließ Pluto von der Leine. Der Schäferhund schlüpfte durch die Klappe ins Haus. Man hörte es scharren und kratzen. Dann sprang die Tür auf. Der schlaue Pluto hatte die Tür von innen geöffnet. Robby konnte einfach ins Haus hereinspazieren!
Er ging über den Flur. Lief ins Wohnzimmer. Kehrte wieder um. Näherte sich der Küche. Die Schritte wurden immer lauter. Jetzt hörte man zusätzlich das Tapsen von Hundepfoten. Franzi wartete darauf, dass Prinz Alarm schlug. Er musste doch bellen! Warum bellte er nicht?
»Happs!« Schmatzendes Kauen drang durch die Tür der Speisekammer. Robby hatte Prinz wohl etwas zu essen hingeworfen. Dass sich Prinz so leicht bestechen ließ!
Die Schritte entfernten sich wieder. Das Tapsen der Hundepfoten war jetzt deutlich lauter.
Prinz ging freiwillig mit, Robby entführte Frau Nowaks Hund! Laut fiel die Hintertür ins Schloss.
Kim flüsterte in die angespannte Stille hinein: »Chrissie, du bleibst mit Magdalena hier drin, bis wir dir Entwarnung geben. Los, hinterher!«
»Viel Glück!«, wünschte Chrissie.

Die drei !!! schlichen sich durch den Vordereingang aus dem Haus. Sie sahen gerade noch, wie der Täter das Gartentor hinter sich schloss und mit Prinz und Pluto rechts um die Ecke bog. Der Windhund ging brav bei Fuß.
Die Detektivinnen nahmen die Verfolgung auf. Auf dem Gehsteig nutzten sie die Deckung der Tannen, mit denen die Straße gesäumt war. Der Entführer drehte den Kopf kurz nach links. Das bleiche Licht einer Straßenlaterne fiel auf sein Profil. Kim war wie vom Donner gerührt. Das war gar nicht Robby, sondern sein Vater, Herr Roth! Er war gar nicht verreist! Und warum hatte er das Handy seines Sohnes bei sich? Kim konnte es sich nicht erklären.
Roth beschleunigte sein Tempo. Dann blieb er plötzlich vor einem Kombi stehen, löste die Zentralverriegelung mit dem Autoschlüssel und verfrachtete die beiden Hunde auf die hintere Sitzbank. Blitzschnell stieg er ein, ließ den Motor aufheulen und brauste davon.
»Das gibt's nicht!«, regte sich Marie auf. »Er ist doch zu Fuß hergelaufen. Wo kommt denn auf einmal das Auto her?«
»Er muss es vorher hier geparkt haben.« Kim ballte die Fäuste. Jetzt war es passiert. Der Täter verhielt sich nicht nach Plan, er überraschte sie mit einem unvorhergesehenen Schritt. »Keine Panik«, sagte sie und versuchte, sich damit selbst wieder zu beruhigen. »Vorschläge für Plan B?«
»Ich hab drei Fahrräder hinten am Haus gesehen«, sagte Franzi. »Hoffentlich sind sie nicht abgesperrt.«
Die Detektivinnen rasten zurück. Sie hatten Glück. Die Fahrräder waren nicht abgeschlossen. Franzi nahm das Herrenrad, Kim und Marie die beiden Damenräder.

Kims Sattel war zu niedrig. Es musste auch so gehen, sie hatte keine Zeit, ihn höher zu stellen. Vorsichtig lenkte sie ihr Rad mit der rechten Hand. In der linken hielt sie ihr Handy. »Mir nach! Es geht rechts weg.«

Die drei !!! düsten, so schnell es ging, durch die Stadt. Herr Roth fuhr ein Stück nach Westen und dann nach Süden. Er benutzte große Straßen, die zum Glück gut geräumt und schneefrei waren. Eisiger Nordwind peitschte ihnen in die Gesichter.

Eine Weile fuhren sie schweigend, bis Kim plötzlich bremste: »Wartet! Roth ist mit dem Auto stehen geblieben. Vielleicht hat er sein Ziel schon erreicht.«

»Das ist unsere Chance aufzuholen.« Franzi spornte ihre Freundinnen an. »Los, wir geben noch mal Vollgas!«

Kim trat wie verrückt in die Pedale. Franzi und Marie blieben dicht hinter ihr. Sie waren jetzt fast am südlichen Stadtrand. Ganz in der Nähe war die Abzweigung zum neuen Campingplatz. Kurz davor, sie fuhren auf eine Kleingartensiedlung zu, bewegte sich der rote Punkt plötzlich weiter.

»Was sollen wir jetzt tun?«, keuchte Kim. »Auch weiterfahren oder … oder nachsehen, wo Roth Zwischenstation gemacht hat?«

»Letzteres«, antwortete Marie. »Vielleicht hat er Prinz in irgendeinem Gartenhaus versteckt.«

Das klang logisch. Die drei !!! steuerten die Zwischenstation an. Sie lag am westlichen Rand der Kleingartensiedlung, die durch eine Reihe von Straßenlaternen gut erleuchtet wurde. Die Handyortung war leider nur so genau, dass mehrere Grundstücke im Umkreis von 50 Metern infrage kamen.

Hastig gingen sie die Reihe ab.
»Da!«, rief Franzi plötzlich aufgeregt. »Vor dem Grundstück hier sind frische Fußspuren!«
Zwei lang gezogene Gemüsebeete rahmten einen gestreuten Kiesweg ein. Der Weg mündete in einen gepflasterten Vorplatz, auf dem ein geräumiges Gartenhaus stand. Die drei !!! lehnten die Räder an den niedrigen Maschendrahtzaun.
Kim setzte mit einem Sprung über den Zaun. Marie und Franzi folgten ihr. Sie waren noch etwa fünf Meter vom Gartenhaus entfernt, da hörten sie bereits verzweifeltes Winseln. Hinter einem geschlossenen Fenster, auf dem sich wunderschöne Eisblumen gebildet hatten, tauchte Prinz' Schnauze auf.
Kim bekam eine Mordswut auf Herrn Roth. Wie konnte er den armen Hund einsperren und sich dann einfach aus dem Staub machen?
»Wir holen dich da raus!«, versprach sie, ohne einen blassen Schimmer zu haben, wie das gehen sollte.

Der Apfel fällt nicht weit vom Stamm

»Und so ein Tierquäler ist selbst Hundebesitzer! Ich fasse es nicht.« Franzi regte sich noch mehr auf als Kim.
Prinz spürte die Anspannung der Detektivinnen. Unruhig stieß er immer wieder mit der Schnauze gegen die Fensterscheibe. Durch seinen stoßweisen Atem beschlug sie von innen.
»Wir müssen ihn sofort da rausholen«, beschloss Marie, nahm ihr Dietrichset aus der Tasche und wollte sich an der Tür zu schaffen machen. Doch diesmal kam sie mit ihren Fähigkeiten nicht weiter. »Das dicke Vorhängeschloss kriege ich nicht auf«, schimpfte sie. »Dafür bräuchte man ein Schweißgerät.«
»Warte mal!« Kim umrundete das Gartenhaus, kam mit einer Leiter zurück und stellte sie vor Franzi ab. »Meinst du, die könnte dir weiterhelfen?«
Franzi kratzte sich an der Stirn. »Weiß nicht, mal sehen.« Ihr Blick wanderte zu einem schmalen Fenster rechts neben der Haustür, das sich in Augenhöhe befand. »Ich hab eine Idee, aber versprechen kann ich nichts.« Energisch schob sie die Leiter unter das Fenster, kletterte die Sprossen hoch und fingerte am Rahmen herum. Es quietschte, dann kippte das Fenster nach innen. »Hab ich mir's doch gedacht, dass es nicht ganz geschlossen ist«, triumphierte Franzi. »Marie, jetzt brauche ich deine Hilfe.«
»Bin schon da.« Marie löste Franzi auf der Leiter ab. Sie

führte einen dünnen Draht mit einer Schlinge in die Fensteröffnung ein. Ein paar kleine, geschickte Bewegungen – und die Schlinge umschloss den Griff. Marie zog das Fenster zu sich heran, bewegte den Griff in die Horizontale und konnte das Fenster mühelos komplett öffnen.

Kim klatschte in die Hände. »Ihr seid genial. Prinz, komm her zu uns! Hier kannst du rausklettern.«

»Wau, wau!«, hörten sie den Windhund bellen. Fünf Sekunden später erschien er am oberen Fenster, zögerte kurz und sprang in die Freiheit.

»Gut gemacht, Junge!« Franzi klopfte ihm den Rücken und Prinz schmiegte sich zitternd an sie. »Das war ein Schreck, was? Keine Sorge, alles wird gut. Wir bringen dich wieder nach Hause.«

Auf der Straße hielt ein Kombi. Eine Autotür wurde zugeschlagen, Schritte näherten sich. Herr Roth sperrte die Gartentür auf, lief ein paar Schritte auf das Gartenhaus zu und blieb abrupt stehen, als er die Detektivinnen entdeckte. Pluto zerrte an der Leine und fletschte die Zähne.

»Stehen bleiben! Was macht ihr mit dem Hund?«, fragte Herr Roth verblüfft.

Die drei !!! stellten sich geschlossen vor Prinz. Marie sah dem Entführer fest in die Augen. »Wir bringen Prinz zu seiner rechtmäßigen Besitzerin zurück. Und was haben Sie vor? Noch ein Verbrechen nach der Spionage und der Entführung?«

Herr Roth war so platt, dass er die Wahrheit sagte: »Ich … ich … wollte Prinz Futter und Wasser hinstellen. Das hatte ich zu Hause vergessen.«

»Wie fürsorglich von Ihnen«, spottete Kim, »aber die Mühe können Sie sich sparen. Prinz hat daheim Futter genug.«
»Kommt, wir gehen jetzt!« Franzi fasste Prinz am Halsband. Gemeinsam liefen die drei !!! los und schoben Roth einfach zur Seite.
Im ersten Moment war er überrumpelt, doch dann steckte er zwei Finger in den Mund. Ein durchdringender Pfiff gellte durch die Kleingartensiedlung, die Leine wurde losgelassen und dann kam der Befehl: »Pluto, fass!«
Der Schäferhund stürzte auf die drei !!! zu, knurrte laut und schnappte nach Maries linkem Hosenbein.
»Nein, nicht!«, schrie Marie.
Franzi ließ Prinz' Halsband los, um Marie zu Hilfe zu eilen. »Aus, Pluto, aus!«, rief sie streng.
Der Schäferhund wich ein kleines Stück zurück, weit genug, dass Kim sich schützend vor Marie stellen konnte.
»Hier gibt's feinen Hundekuchen, Prinz, ja, der ist für dich!« Die harte Stimme von Herrn Roth hatte sich in ein falsches Säuseln verwandelt. Und Prinz fiel auf das Säuseln herein. Der Duft des Hundekuchens war zu verführerisch. Der Windhund quetschte sich zwischen den Detektivinnen hindurch und lief schwanzwedelnd auf Herrn Roth zu. »Happs!« Kaum hatte er den Hundekuchen verschlungen, hatte Roth ihn an die Leine genommen.
»Tja, Prinz hat sich entschieden!« Herr Roth lachte hämisch. »Das war's dann wohl. Prinz, bei Fuß!« Der Windhund folgte ihm aufs Wort. Roth drehte sich noch einmal zu den drei !!! um. »Und wagt es nicht, uns am Weggehen zu hindern, sonst schnappt Pluto richtig zu!«

Der Schäferhund bekräftigte die Warnung seines Herrchens, indem er aus der Tiefe seiner Kehle ein drohendes Knurren aufsteigen ließ.
Fassungslos mussten die drei !!! zusehen, wie der Entführer mit Prinz und Pluto auf die Gartentür zuging. Schon streckte Roth die Hand nach der Klinke aus, da ertönte hinter ihm ein Fauchen, gefolgt von einem klagenden »Miauuu!«.
Pluto wand sich winselnd auf dem Boden. Prinz zitterte wieder am ganzen Körper, riss sich von Herrn Roth los und düste mit hinter sich herschleifender Hundeleine zurück zum Gartenhaus. Er warf sich mit dem vollen Gewicht seines Körpers auf Franzi, die »Katze«, und hätte sie beinahe umgeworfen.
»Langsam, langsam, Junge!«, lachte Franzi, während sie ihr Gleichgewicht wiedererlangte. »Entschuldige, ich wollte dich nicht erschrecken.«
»Marie!«, zischte Kim und trennte die Leine von Prinz' Halsband.
Marie begriff sofort, was Kim vorhatte. Zu zweit rannten sie zu Herrn Roth, der wie erstarrt auf dem Kiesweg stand. Kim schlang die Hundeleine um seine Arme, Marie zurrte sie fest und sicherte sie auf dem Rücken des Entführers mit einem doppelten Knoten. Franzi lief inzwischen mit Prinz zu Pluto, schnappte sich die Leine des Schäferhunds und hielt ihn so kurz, dass er sich nicht mehr rühren konnte.
»Geben Sie endlich zu, dass Sie Prinz entführt haben!«, forderte Kim.
Herr Roth stellte sich dumm. »Ich soll Prinz entführt haben? Haha! Das ist der größte Witz des Jahres.«

»Ist es das wirklich?«, fragte plötzlich eine helle Jungenstimme.
Alle rissen die Köpfe herum. In dem großen Tumult hatte keiner bemerkt, dass Robby das Grundstück betreten hatte. Er stand da mit offener Jacke und Wollmütze, die Hände tief in den Taschen seiner Jeans vergraben, und starrte seinen Vater an. Herr Roth wich dem Blick seines Sohnes aus.
»Es stimmt also, du hast Prinz entführt«, sagte Robby leise. »Du hast deinen Plan mit den Details der Entführung in der Küche liegen lassen. Da hab ich ihn gefunden, als du vorhin plötzlich abgehauen bist. Wie konntest du so was Gemeines bloß tun?«
»Du brauchst gerade reden!«, fuhr Herr Roth seinen Sohn an. »*Du* hast doch diese Schnapsidee mit der Wanze gehabt.«
Jetzt war Robby an der Reihe, betreten in eine andere Richtung zu schauen. Doch er hatte sich rasch wieder gefangen. »Ich hab nur die Gespräche von Frau Nowak mitgehört, aber du bist bei ihr eingebrochen und hast ihren Hund geklaut. Das ist tausendmal schlimmer.«
»Ist es nicht!«
»Doch!«
Der Streit zwischen Vater und Sohn schaukelte sich hoch. Abwechselnd warfen sie sich die heftigsten Vorwürfe an den Kopf. Kim, Franzi und Marie sahen zwischen den beiden hin und her wie bei einem Tennismatch, wenn der Ball in rasender Geschwindigkeit die Seiten wechselte. Gebannt lauschten sie und erfuhren so nach und nach, was passiert war.
Robby hatte mit einem Mitschüler eine Wette abgeschlos-

sen, dass er es schaffen würde, eine Wanze bei seiner Kunstlehrerin Frau Nowak einzuschmuggeln. Mit peinlichen Einzelheiten aus ihrem Privatleben wollte er sich einen großen »Spaß« erlauben und die Lehrerin provozieren. Es ging ihm darum, die gutmütige Frau Nowak, die sich bei ihren Schülern absolut nicht durchsetzen konnte, noch gezielter bloßzustellen.

Kim wurde übel, als sie das hörte. Robby hatte nicht mal ein richtiges Motiv. Er wollte bloß cool sein und seinen Kumpel und die Mädchen in seiner Klasse beeindrucken. Chrissie war ja auch prompt auf seine Masche reingefallen.

»Woher hattest du eigentlich das Geld für die Wanze?«, fragte Franzi. »Ich weiß, was die Dinger kosten.«

Robby zuckte mit den Schultern. »Mit Taschengeld war mein Vater immer schon großzügig, damit beruhigt er sein schlechtes Gewissen, weil er sich so wenig um mich kümmert. Die Wanze war kein Problem, kniffliger war es, auf den Trick mit der Pralinenkiste zu kommen und das Ding da unauffällig reinzukriegen.«

Herr Roth schnaufte. »Dieser Junge verschwendet seine Energien für alles Mögliche, nur nicht für die Schule!«

»Und du verschwendest deine Energie darauf, in meinem Zimmer herumzuschnüffeln!«, gab Robby wütend zurück. »Sonst hättest du das Abhörgerät nie entdeckt und für deine Zwecke missbrauchen können.«

»Ich musste es dir wegnehmen«, sagte Herr Roth im Brustton der Überzeugung. »Und das Handy auch. Ich hab es doch nur gut gemeint. Ich wollte dir dabei helfen, dich nicht länger abzulenken und endlich mehr für die Schule zu ler-

nen. Das hätte jeder andere Vater an meiner Stelle genauso getan.«
»Klar!« Robby sah ihn hasserfüllt an. »Die anderen Väter brechen natürlich auch in ihrer Freizeit in fremde Häuser ein und entführen Hunde.«
»Halt den Mund!«, zischte Herr Roth.
Für einen kurzen Augenblick breitete sich tatsächlich Schweigen aus. Dann heulte aus der Ferne ein Martinshorn.
Kim fiel ein Stein vom Herzen. Sie hatte die SMS an Kommissar Peters bereits vor fünfzehn Minuten abgesetzt und schon gebangt, ob er sie auch bekommen hatte.
Dann ging alles sehr schnell. Das Polizeiauto traf ein, Kommissar Peters und Polizeimeister Conrad sprangen aus dem Wagen und nahmen Herrn Roth vorläufig fest.
»Wir bringen Sie jetzt aufs Präsidium«, kündigte Polizeimeister Conrad an.
Der Satz gab dem Entführer den Rest. Plötzlich brach er ein und gestand alle seine Taten: »Den ersten Einbruch hatte ich nicht geplant. Ich war auf einer Gassirunde mit Pluto und bin zufällig bei den Nowaks vorbeigekommen. Da hab ich ihr Auto davonbrausen sehen. Leider hat Frau Nowak ihren Hund mitgenommen. Also hab ich mir wenigstens die Urkunde gesichert. Beim zweiten Mal war ich besser vorbereitet, weil ich das Abhörgerät meines Sohnes nutzen konnte. Und Prinz ist völlig freiwillig mitgegangen!«
»Natürlich.« Kommissar Peters sah Herrn Roth emotionslos an. »Trotzdem trifft hier eindeutig der Tatbestand der Entführung zu.«
Auf einmal tickte Roth völlig aus. »Ich *musste* Prinz haben!

Der Köter nimmt meinem Pluto nicht noch mal den Pokal weg! Das lasse ich nicht zu. Pluto ist der Beste, Pluto ist der einzige Champion! Frau Nowak weiß das genau. Sie ist eine Betrügerin, *sie* ist die Verbrecherin, die müssen Sie festnehmen, nicht mich!«

»Ja, ja«, murmelte Polizeimeister Conrad. »Jetzt müssen wir erst mal schön ins Präsidium fahren.«

Erfolg im Doppelpack

»Meine sehr verehrten Damen und Herren, wir kommen nun zu unserer Endausscheidung«, verkündete der Preisrichter. »Welcher Hund wird heute den begehrten Titel ›*Best in Show*‹ nach Hause tragen? Ich bitte dazu noch einmal alle Gruppengewinner in den Ring.«
Frau Nowak stand mit geröteten Wangen auf und griff nach der Leine. »Komm, Prinz!«
»Toi, toi, toi!«, riefen die drei !!!.
Chrissie, die Magdalena auf dem Schoß hatte, nahm die kleine Hand des Mädchens und winkte damit. »Viel Glück, Mama!«
»Wawawa!«, krähte Magdalena fröhlich.
Franzi seufzte. »Du hast es gut! Du bekommst von der ganzen Anspannung nichts mit. Ich sterbe gleich vor Lampenfieber.«
»Ich auch«, gab Kim zu. »Ich hätte nie gedacht, dass eine Hundeausstellung so spannend sein könnte.« Sie fächelte sich mit dem Ausstellungskatalog Luft zu. In der Halle war es ganz schön warm.
»Pssst!« Marie mahnte ihre Freundinnen zum Schweigen und reckte neugierig den Kopf.
Die drei !!!, Chrissie und Magdalena waren extra früh gekommen und hatten die besten Zuschauerplätze in der ersten Reihe ergattert. Direkt gegenüber war der Richtertisch. Auch die anderen Teilnehmer konnten sie so gut sehen. Pluto trat nicht an. Herr Roth befand sich immer noch in

Untersuchungshaft. Auch Robby war nicht da, aber die drei !!! vermissten die beiden nun wirklich nicht.
Im Ring stellten sich die zehn Gruppenbesten auf. Sie stammten aus ganz unterschiedlichen Rassen, es waren kleine und große Tiere darunter, aber eines hatten sie alle gemeinsam: Ihr Fell glänzte, ihre Körper waren kraftvoll-elegant und sie strotzten vor Gesundheit.
»Bitte führen Sie Ihre Hunde noch einmal in Bewegung vor«, bat der Richter.
Frau Nowak durfte als Erste losgehen und das Tempo bestimmen. Sie ließ die Leine locker und Prinz trabte flüssig und gleichmäßig neben ihr her.
»Er ist wunderschön!«, murmelte Franzi. »Ich würde es Frau Nowak so wünschen, dass er gewinnt.«
Auf einmal wurde Magdalena unruhig und verzog weinerlich das Gesicht. Eineinhalb Stunden hatte sie brav auf dem Schoß gesessen. Eigentlich war es kein Wunder, dass sie sich langweilte.
Rasch löste Marie das türkisfarbene Seidentuch, das sie sich um den Hals geschlungen hatte. Sie versteckte sich darunter und tauchte nach ein paar Sekunden mit dem Kopf wieder auf. Magdalena strahlte. Marie musste das Spiel wiederholen, wieder und wieder. Magdalena fand es auch beim zwanzigsten Mal noch wahnsinnig lustig.
Kim konnte nicht anders: Ab und zu sah sie rüber. Magdalena war wirklich süß. Mit ihrem Lächeln und ihren Grübchen stahl sie den Hunden im Ring glatt die Show.
Die Gruppengewinner mussten sich ein letztes Mal vor dem Richter aufstellen. Die Spannung in der Halle stieg.

»Der Siegertitel des heutigen Tages geht an …«, der Richter machte eine kunstvolle Pause, »an Windhund Prinz mit der Startnummer 28!«
»Bravo, bravo!« Die drei !!! sprangen als Erste von ihren Sitzen hoch und trampelten begeistert mit den Füßen.
Die Zuschauer im Saal applaudierten. Der Richter überreichte Frau Nowak einen silbernen Pokal und einen Scheck mit dem Preisgeld. Die stolze Hundebesitzerin hatte Freudentränen in den Augen. Bei ihrer kurzen Dankesrede zitterte ihre Stimme. Sie lachte und weinte zugleich. Nur einer in der Halle blieb völlig cool: Prinz. Der Windhund kannte den Trubel schon und ließ ihn geduldig über sich ergehen, bis es auch für ihn interessant wurde. Genau im richtigen Augenblick öffnete er sein Maul und fing den Knochen auf, den Frau Nowak ihm zur Belohnung spendierte.
Strahlend kehrte die Siegerin an ihren Platz zurück. »Ihr seid meine drei Glücksbringer! Ohne euch wären wir heute nicht hier. Danke, dass ihr Prinz befreit und Magdalena und Chrissie beschützt habt! Und dass ihr mich vor Robbys Bloßstellung bewahrt habt. Das werde ich euch nie vergessen.« Sie umarmte Kim, Franzi und Marie und raunte am Schluss Kim ins Ohr: »Eure Belohnung kommt noch. Ich schenke euch die Hälfte des Preisgeldes.«
Kim, die den Betrag des Schecks gerade erfahren hatte, wurde rot. »Das ist doch viel zu viel!«
»Nein«, protestierte Frau Nowak. »Keine Widerrede!«
Kim lächelte. »Dann vielen Dank!« Im Kopf hatte sie bereits tausend Ideen für neue Detektivausrüstungs-Gegenstände, um den Club noch professioneller zu machen.

»Wo bleibt ihr denn?«, drängte Marie. Sie stand schon fix und fertig mit Mantel, Schal und Handschuhen da. »Ich brauche jetzt unbedingt einen *Kakao Spezial.*«

Die drei !!! hatten ausgemacht, nach der Hundeausstellung ins *Café Lomo* zu gehen und dort ausgiebig zu feiern.

»Ja, gleich«, versprach Franzi. »Ich muss mich nur noch schnell von Prinz verabschieden.« Sie ging in die Hocke und raunte dem Windhund etwas ins Ohr, das nur ihn und die Hundeflüsterin Franzi etwas anging.

Marie ging schon mal vor und Kim schlüpfte in ihre Winterjacke. Da griff Chrissie nach ihrem Arm. »Warte! Ich wollte dir noch kurz was sagen.«

»Okay …«, meinte Kim überrascht.

Chrissie hatte schon vor der Hundeausstellung das Gespräch mit den drei !!! gesucht. Sie hatte ihnen hoch und heilig versprochen, in Zukunft nie mehr aus einem Gefühl heraus etwas zu verschweigen, einen möglichen Täter zu decken und die Ermittlungen der Detektivinnen zu behindern. Sie meinte es ernst, das fanden die drei !!! toll. Aber anscheinend hatte Franzis Schwester noch etwas auf dem Herzen. »Wenn ich geahnt hätte, was Robby vorhat, hätte ich ihm an dem Abend die Pralinenkiste um die Ohren gehauen, das schwör ich. Wie kann man nur seine Lehrerin ausspionieren? Das ist so was von gemein! Ich schäme mich für ihn.«

Kim nickte grimmig. »Wenigstens konnte er sie nicht mehr bloßstellen. Dafür haben wir gesorgt.«

»Ja, und dafür, dass ich nicht mehr in Robby verknallt bin.« Chrissie grinste. »Ihr habt mich gründlich von ihm kuriert. Danke!«

»Gern geschehen«, sagte Kim. »Vielleicht kannst du dich ja mal revanchieren, bei einem unserer nächsten Fälle.«
»Geht klar … äh …«, Chrissie druckste herum, »was ich trotzdem noch fragen wollte: Was passiert denn jetzt eigentlich mit Robby? Fliegt er von der Schule? Bei uns im Pausenhof kursieren die wildesten Gerüchte.«
Kim seufzte. Franzis Schwester war ganz offensichtlich noch nicht vollständig kuriert. »Nein«, antwortete sie. »Der Direktor hat noch mal ein Auge zugedrückt, weil Robby sich gleich bei Frau Nowak entschuldigt hat. Er muss umsonst jüngeren Schülern Nachhilfe geben.«
Chrissie, die wohl auf eine Sensationsnachricht gewartet hatte, wirkte fast enttäuscht. »Ach so … Also dann, man sieht sich. Richte Franzi und Marie schöne Grüße aus.« Sie verabschiedete sich und Kim sah ihr kopfschüttelnd nach. Franzis Schwester war doch immer wieder für eine Überraschung gut.

Eine halbe Stunde später stießen die drei !!! im *Café Lomo* mit ihren dampfenden Kakaotassen an.
»Auf unseren Doppelerfolg!«, rief Marie.
Franzi streckte stolz ihren Oberkörper. »Zwei gelöste Fälle in vierzehn Tagen, das soll uns erst mal jemand nachmachen.«
»Auf uns und eine glorreiche Zukunft der drei !!!!«, beendete Kim die Reihe an Trinksprüchen.
Sie schlürften ihr absolutes Lieblingsgetränk. Kim schmeckte es heute besonders gut. Die enorme Anspannung der letzten Tage, die schreckliche Angst um Magdalena und Prinz fielen wie ein tonnenschwerer Rucksack von ihr ab.

Marie rührte nachdenklich in ihrem Kakao. »Ich kann euch gar nicht sagen, wie froh ich bin, dass Magdalena nichts passiert ist. Bei den Ermittlungen ist mir klar geworden, wie verletzlich und hilflos Babys sind. Ich werde alles dafür tun, um auch Tessas Baby zu beschützen. Mein kleines Geschwisterchen …« Ein zärtliches Lächeln flog über ihr Gesicht.
»Hört, hört! Letzte Woche hast du noch ganz anders geklungen.« Franzi konnte sich die kleine Stichelei nicht verkneifen.
Kim warf Franzi einen strafenden Blick zu. »Du müsstest dich auch erst an den Gedanken gewöhnen, wenn du noch ein Geschwisterchen bekommen würdest. Wie schön, Marie, dass du dich auf das Baby freust! Habt ihr euch eigentlich schon auf einen Namen geeinigt?«
»Noch nicht, aber es gibt mehrere Favoriten.« Marie wollte sie gerade aufzählen, als Kims Handy klingelte.
»Kim Jülich? Hallo, Kommissar Peters! Gibt es Neuigkeiten? Wie laufen die polizeilichen Ermittlungen? … Das klingt gut. … Unglaublich!« Kim lauschte ziemlich lange, ohne etwas zu sagen. »Interessant! Ja, das waren die letzten Puzzlesteine, die uns noch gefehlt haben. Vielen Dank für die Infos. Alles Gute, bis bald!«
Kim legte das Handy auf den Tisch und stillte die unverkennbare Neugier ihrer Detektivkolleginnen. »Erst mal zu den sogenannten Heizungsablesern: Das Diebesgut wurde inzwischen sichergestellt. Es war in der Ferienwohnung versteckt und nicht mal besonders einfallsreich. Die Betrüger haben umfassende Geständnisse abgelegt. Alle haben bereits Vorstrafen und warten auf das Gerichtsverfahren. Bei den

Nowaks sind die Betrüger übrigens deshalb vorzeitig abgehauen, weil der Chef draußen Schmiere stand und wegen einer vorbeifahrenden Polizeistreife die Aktion abgeblasen hat.«
»So was Ähnliches hab ich mir schon gedacht.« Franzi rückte näher an Kim heran. »Hat der Kommissar auch was zum zweiten Fall verraten?«
»Hat er.« Kim biss schnell von ihrem Muffin ab, bevor sie weitererzählte. »Das Hundehaar, das wir im Arbeitszimmer von Frau Nowak gefunden haben, stammte von Pluto! Herr Roth hat alles gestanden. Er wollte Prinz übrigens nur kurz entführen und gleich nach der Hundeausstellung wieder zurückbringen. Es ging ihm nur darum, den größten Konkurrenten für Pluto aus dem Weg zu räumen, er wollte Prinz nichts tun.«
»Nur ist gut«, bemerkte Franzi trocken. »Einen Hund zu entführen und einzusperren ist und bleibt Tierquälerei. Da gibt es nichts dran zu rütteln.«
Marie fiel noch etwas ein: »Wie ist Robby eigentlich so schnell zur Kleingartensiedlung gekommen?«
»Er hat ein Taxi gerufen und vom großzügigen Taschengeld seines Vaters bezahlt«, berichtete Kim.
»Dieser Robby!«, grummelte Franzi. »Wenn ich an ihn denke, fällt mir das Sprichwort ein: Der Apfel fällt nicht weit vom Stamm. Angelogen hat er Marie ja auch noch. Von wegen, sein Vater lässt ihm total viel Freiheit und ist auf Geschäftsreise.«
»Er muss große Angst gehabt haben, dass seine Abhöraktion auffliegt«, vermutete Marie. »Deshalb hat er jeden abgewimmelt, der mit seinem Vater sprechen wollte.« Sie wurde rot.

»Hmm … ich hab ihn ja auch angeschwindelt wegen der Handyortung. Also sind wir quitt.«
Kim nickte und ließ die zwei Fälle noch einmal vor ihrem inneren Auge abrollen. Beide waren wirklich total nervenaufreibend gewesen. Kim hatte das dringende Bedürfnis, auszuspannen und das Leben wieder in vollen Zügen zu genießen – das Leben und vor allem die Liebe!
Wie aufs Stichwort wurde die Tür des Cafés aufgerissen. Drei aufgekratzte Jungen brachten einen Schwall kalter Winterluft herein: Michi, Felipe und Holger.
»Hier sitzen aber wunderschöne Mädchen! Ist bei euch zufällig noch was frei?« Felipe versprühte seinen mexikanischen Charme.
»Zufällig schon«, antwortete Franzi, rückte auf dem Sofa ein Stück zur Seite und gab ihrem Freund einen Kuss auf die Nasenspitze.
»Hi, Michi!« Kims Herz pochte wie verrückt vor lauter Glück. Fest drückte sie Michi an sich und er nahm ihr Gesicht in seine Hände, um sie zärtlich zu küssen.
Es gab ein großes Hallo und viele Küsschen und Umarmungen, bis sich alle begrüßt, über das Wiedersehen gefreut und einen Platz gefunden hatten. Zwei verliebte Paare strahlten um die Wette. Marie freute sich auch sehr und selbst Holger wirkte trotz drohender Scheidung seiner Eltern ziemlich entspannt.
»Wie geht es dir?«, fragte Marie ihn leise.
Holger lächelte. »Ganz gut. Mach dir keine Sorgen. Wovon habt ihr gerade geredet?«, wechselte er das Thema. »Als wir reinkamen, habt ihr so nachdenklich ausgesehen.«

Kim winkte ab. »Ach, da ging es nur um langweilige Details unserer Ermittlungen. Aber die sind ja erfolgreich abgeschlossen. Jetzt können wir wieder über private Dinge reden.«

»Zum Beispiel über Jungen- und Mädchennamen«, fügte Franzi hinzu. »Du musst uns noch verraten, Marie, was die Favoriten für Tessas Baby sind.«

»Ja, richtig.« Maries Augen leuchteten auf. »Also: Wenn es ein Junge wird, soll er Julian, Finn oder Konrad heißen. Und wenn es ein Mädchen wird, soll es Hannah, Sophie oder Emily heißen. Ich finde Konrad und Sophie am schönsten. Und ihr?«

»Ich auch!«, rief Kim sofort.

»Nein, Julian und Emily sind super!«, widersprach Franzi.

Jetzt schalteten sich auch die Jungen ein: »Finn, Hannah!« – »Konrad, Sophie!« – »Emily, Finn!«

Lautstark flogen die Namen und unterschiedlichen Meinungen durch den Raum. Lachend hielt sich Marie die Ohren zu. »Ist gut, das reicht, danke! Zum Glück seid ihr nicht auch noch in meiner Patchworkfamilie. Sonst würde Tessas Baby nie einen Namen bekommen.«

»Wie geht es Tessa eigentlich?«, erkundigte sich Kim.

»Morgens ist ihr immer ein bisschen übel«, erzählte Marie, »aber ansonsten ist sie fit. Sie gestaltet schon eins der Gästezimmer zum Babyzimmer um und sucht Wandfarben aus.«

»Apropos Zimmer«, warf Franzi ein. »Ich kriege wahrscheinlich doch nicht so schnell ein zweites Zimmer. Es wird noch dauern, bis Stefan auszieht. Die Studentenappartements sind wahnsinnig teuer. Er lässt sich jetzt auf die Wartelisten von verschiedenen Studentenwohnheimen setzen. Aber selbst wenn er dann auszieht, muss ich mich wahrscheinlich mit Chrissie um das Zimmer prügeln.«

Marie seufzte. »Schade! Bist du jetzt enttäuscht?«

»Geht so«, meinte Franzi. »Früher hätte mich das total gewurmt. Aber seit die Sache … na ja … seit wir bei Oma Lotti waren, seh ich das anders. Es gibt so viele wichtigere Dinge im Leben: zum Beispiel jeden Augenblick mit der Familie und den Freunden zu genießen.«

»Ja, genau!« Plötzlich kramte Kim hektisch in ihrer Tasche. »Michi! Eigentlich sollte es eine Überraschung werden, aber ich halte es nicht mehr länger aus. Ich hab uns zwei Konzertkarten besorgt, für die *Crazy Underdogs*!«

Michi starrte sprachlos auf die Karten.

»Freust du dich gar nicht?«, fragte Kim unsicher, weil er immer noch nicht reagierte.

»Doch, schon, aber …« Michi zog zwei Karten aus seiner Hosentasche, die genauso aussahen wie die von Kim. Er grinste verlegen. »Ich hatte dieselbe Idee.«

Kim fand, dass Michi noch nie so süß ausgesehen hatte wie jetzt gerade. »Du bist wunderbar!«, flüsterte sie und fiel ihm um den Hals.

»Wie heißt es doch? Zwei Herzen, ein Gedanke«, meinte Michi voller Liebe.

»Ähem …«, räusperte sich Marie. »Hab ich das richtig mitbekommen? Ihr habt zwei Karten übrig? Franzi und ich würden sie euch gerne abnehmen.«

Kim löste sich aus Michis Armen. »Au ja! Das ist genial. Dann gehen wir zu viert zum Konzert!«

»Oder zu sechst«, warf Felipe ein. »Holger und ich könnten uns auch noch Karten besorgen.«
Der Vorschlag fand einhellige Zustimmung.
Michi winkte der Bedienung. »Eine Runde Cola, bitte! Darauf müssen wir anstoßen. Auf euren doppelten Ermittlungserfolg und auf die doppelten Konzertkarten.«